「やぁ、こんにちは。僕はマリン、
支援魔法部隊の部隊長だ」
濃い蒼《あお》の瞳を煌《きら》めかせ、
その魔法使い風の姿をした少女は、
こちらに視線を向けて相好を崩す。

「来いよ、トカゲ女。あの時のように、
自慢のその目を斬り裂いてやろうか？」

『ほざけえええええええええええッ！』

『し……ッ！』
「《スペルエンハンス》、
《術理装填》【フレイムピラー】――
【炎刃連突】！」
前のめりに倒れそうになった
マウンテンゴーレムは、
巨大な両腕で己の体を支え――
その腕を伝って、緋真とアリスが駆け上がる。

Magica《マギカ》 Technica《テクニカ》
現代最強剣士が征く
VRMMO
戦刀録
Allen
ill.ひたきゆう
8
The Ultimate Swordmaster's
Heroicsaga In Magica Technica

口絵・本文イラスト　ひたきゆう

CONTENTS

第一章　駆ける騎兵たち　その1

『ワールドクエスト《駆ける騎兵たち》を開始します』

ワールドクエストは、予告されていた通りの時間で開始された。

ベルゲンの前に並び立つプレイヤーと騎士団《きしだん》、そしてそれを迎《むか》え撃《う》つために城壁《じょうへき》の上に集合している悪魔《あくま》共。睨《にら》み合うような態勢の中で響《ひび》き渡《わた》ったアナウンスに、プレイヤー一同は大きく歓声《かんせい》を上げた。地を揺《ゆ》らすほどの雄叫《おたけ》びに、自然と口角が吊《つ》り上がるのを感じる。やはり、士気の高い戦場というのはいいものだ。

ともあれ、戦いが始まったのであれば遠慮《えんりょ》する必要はない。俺《おれ》は笑《え》みを浮《う》かべたまま、ルミナへと目配せで合図した。それに硬《かた》い表情で頷《うなず》いたルミナは、刻印の刻まれた右手を掲《かか》げ、己《おの》が周囲へと魔《ま》法陣《ほうじん》を展開した。

「先に行っている。ぶっ放したら追い付いて来い」

「勿論《もちろん》です！」

ルミナの背中の翼《つばさ》と魔法陣が、同じように眩《まばゆ》く輝《かがや》き始める。

その輝きを背に、俺はセイランの背に跳《と》び乗った。同じく呼び出したペガサスに跨《また》がった緋真《ひさな》は、その後ろにアリスを乗せてこちらへと合図を送ってくる。それに対して首肯《しゅこう》を返した俺は、すぐさまセイランを走らせ、上空へと身を躍《おど》らせた。

翼が力強く空を打ち、空気が弾《はじ》ける音が響く。俺や緋真たちと同じように空中へと飛び上がるのは、数少なくはあるがペガサスを購入《こうにゅう》した『キャメロット』のメンバーと、ベーディンジアの天馬騎士団である。数で言えば騎士団の方が多いだろうが、それでもペガサスは貴重なのか、あまり数が多いとは言えない。とはいえ、多少数がいるだけでも十分だろう。あそこを制圧するには十分な戦力だ。

地上にいるプレイヤーたちが俺たちのことを見上げているのを感じながら、餓狼丸《がろうまる》を抜《ぬ》き放ち、門へと向けて突撃《とつげき》する。

当然ながら、悪魔共からの迎撃《げいげき》は苛烈《かれつ》だ。俺たちを叩《たた》き落とそうと、無数の魔法《まほう》がこちらへと向けて放たれている。予想はしていたが、中々のものだ。この最序盤《じょばん》こそが山場だというアルトリウスの言葉も頷けるというものである。故にこそ、俺は嗤《わら》う。ここさえ潰《つぶ》せば、奴《やつ》らを蹂躙《じゅうりん》するための憂《うれ》いはほぼなくなるということだ。

「セイランッ！」

「ケエエエエッ！」

セイランが風を纏《まと》い、加速する。

《テイム》しているわけではないため、ペガサスの詳細《しょうさい》なステータスは読み取れない。だが、純粋《じゅんすい》なパワーとスピードでは間違《まちが》いなくセイランの方が上であろう。

こちらもまた《蒐魂剣《しゅうこんけん》》を発動し、命中しそうな魔法のみを斬《き》り払《はら》って前へと進む。本来であれば、上空から攻撃《こうげき》して奴らを混乱させるべきなのだろうが――生憎《あいにく》と、俺にはそのような遠距離《えんきょり》攻撃《こうげき》はない。

つまり――

「くはははははッ！」

強引《ごういん》に魔法の弾幕《だんまく》を潜《くぐ》り抜け、砲弾《ほうだん》が着弾《ちゃくだん》するかの如く門の上に着陸する。

それと共にセイランの背から飛び出した俺は、その勢いのままに前方の悪魔の首を飛ばしながら着地した。

悪魔共は前方や上空へ攻撃することも忘れ、俺に対する警戒《けいかい》を強めている。尤《もっと》も、それも仕方あるまい。そちらに意識を向けている奴がいれば、こちらが斬り殺していた。

「さて……ここに来るまで、随分《ずいぶん》と時間を使わせてくれたものだ」

空からは緋真の炎《ほのお》の魔法が降り注ぎ、派手な爆発《ばくはつ》が巻き起こる。その真《ま》っ只中《ただなか》で、俺はゆっくりと刃《やいば》を構え、告げた。

「ここから先は、お前たちにチャンスなどやらん。一匹《ぴき》残らず斬り殺す」

その言葉と共に、駆ける。まず片付けるべきは表側にいる悪魔共だ。こいつらが存在している限り、門を破るための部隊が近付きづらい。

接近する俺に対し、悪魔共は軍へと向けていた魔法を俺へと向けて放ってくる。だが、急な方向転換《てんかん》で狙《ねら》いが定まっておらず、回避《かいひ》することは難しくない。おまけに、遠距離《えんきょり》を攻撃するために威力《いりょく》の高い魔法を準備していたため、肉薄《にくはく》した俺に対してその魔法を放てずにいた悪魔もいたようだ。何にせよ――

「『生奪』」

――相手の動きが鈍《にぶ》っているのであれば、そこに付け入らない理由はない。

横薙《よこな》ぎに放った一閃《いっせん》によってレッサーデーモンの首を断《た》ち、咄嗟《とっさ》に放とうとした魔法を掻《か》い潜り隣《となり》のデーモンキメラへと肉薄する。

打法――破山《はざん》。

門そのものを揺らさんとばかりに叩き付けた衝撃《しょうげき》は、悪魔の身であろうとも耐《た》えきれるものではない。周りの悪魔を巻き込《こ》みながら門の外へと落ちていく悪魔は意識から外し、次の相手へ。

ベルゲンの内部側に位置していた悪魔共がこちらを狙っているが、気にする必要はない。

何故《なぜ》なら、降り立ったセイランが射線を遮《さえぎ》りつつ、派手に暴れているからだ。

流石《さすが》にある程度被弾《ひだん》はするが、セイランは元々が非常にタフだ。風を纏ってある程度のダメージをカットしているということもあるが、多少の被弾ではびくともしない。

「『生奪』！」

斬法──剛《ごう》の型、輪旋《りんせん》。

大きく翻《ひるがえ》った刃が、遠心力を得て二体の悪魔を斬り捨てる。その回転の勢いをそのまま利用して反転した俺は、強く地を蹴《け》って後方の悪魔へと肉薄した。

斬法──剛の型、鐘楼《しょうろう》。

神速の振《ふ》り上げにて首筋を裂《さ》き、その悪魔の横を通り抜ける。首を押さえて狂乱《きょうらん》する悪魔に意識を取られた別の悪魔は、俺の放った回し蹴《げ》りによって蹴り飛ばされ、そのまま外《がい》壁《へき》の外へと落下する。

それと同時、セイランの横で派手に爆発が巻き起こる。炎の魔法によって強引にスペースを開けて着地してきたのは、魔法の弾幕を突破《とっぱ》してきた緋真だ。緋真は野太刀《のだち》を背の鞘《さや》に納め、打刀を抜き放って不敵に笑う。

「こっちは任せてください、先生！」

「ああ、存分に暴れてやれ！　遠慮はするな、獲物《えもの》はいくらでもいる！」

普段《ふだん》であれば、敵が限られており全て譲《ゆず》ってしまうのは惜《お》しく感じたかもしれない。だが、今回は敵などいくらでも存在している。この場であれば、幾《いく》ら暴れたところで獲物が減るということはあるまい。

俺の言葉に頷いた緋真は、早速《さっそく》強化されたスキルを使って悪魔共へと攻撃を開始する。姿を隠《かく》しているが、アリスはそんな緋真のフォローに回っているようだ。あの様子であれば、心配は要《い》るまい。

「さて……そろそろか」

斬法――柔《じゅう》の型、流水・逆咬《さかがみ》。

こちらの動きを止めようと襲《おそ》い掛《か》かってきたカマキリのようなデーモンキメラの攻撃を受け流しつつ跳《は》ね上げ、返す刃で袈裟《けさ》懸《が》けに斬り裂く。そんな悪魔の末路には目もくれず、俺は後方――布陣《ふじん》している軍勢の方へと視線を向けた。

輝きを放つ魔法陣は七つ。ルミナは、魔法方面においても腕《うで》を上げているのだ。その背中に背負うように展開されていた魔法陣は一際《ひときわ》眩く輝き――ルミナの手に収束しているものを含《ふく》めた、八つの閃光《せんこう》が撃ち放たれた。

空を裂く閃光は門へと収束し、巨大《きょだい》な爆裂《ばくれつ》となって叩き付けられる。堅牢極《けんろうきわ》まりない門が、まるで大地震《おおじしん》が起こったかのような巨大な揺れに見舞《みま》われる。転倒《てんとう》することこそ無かったが、流石に動き回ることはできず、俺は重心を低く構えたまま耐えた。

「っ……！　くく、やりやがったか」

この位置からでは門の様子は確認《かくにん》できないが、どのような状況《じょうきょう》であるかは、こちらに殺《さっ》到《とう》してくる『キャメロット』の連中を見ればわかる。どうやら、外側の門を上手《うま》いこと破《は》壊《かい》することができたようだ。

『キャメロット』の面々は、ベーディンジアの騎士団を伴《ともな》って破壊した門の中へと突入《とつにゅう》しようとしている。歩兵で外壁内部に入り込み、門を制圧、内側の門を開けようとしているのだろう。

外側の門は破壊せざるを得なかったが、内側については可能であれば壊《こわ》さずに確保したい。開閉装置さえ奪還《だっかん》できれば、後は幾らでも内部に兵力を送《おく》り込めるというものだ。つまり、俺たちの仕事はあと少しだけということである。

「さてと……あと少しだが、ここは確保させて貰《もら》うとしよう」

門を破壊され、動揺《どうよう》している悪魔共を斬り捨てる。一部は殺到してくる『キャメロット』の連中へと魔法を放とうとしているが、こちらを向いていないのであれば遠慮なく斬らせて貰うだけだ。背中から心臓を貫《つらぬ》いて背を蹴り、地上へと落下していく悪魔を見送ることなく隣の悪魔へと刃を向ける。

悪魔共の行動はバラバラだ。守将を配置していなかったことこそが、こいつらの敗因であったと言えるだろう。尤も、そんな奴がいたのであれば、俺が真っ先に首を落としていただろうが。

そうこうしている内に『キャメロット』や騎士《きし》たち、そしてそれに釣られた他のプレイヤーたちも、続々と外壁の内部へと侵入《しんにゅう》していく。何体かの悪魔は地上への攻撃に成功していたが、多少の攻撃を受けた程度でどうにかなるような連中ではない。きちんと防御《ぼうぎょ》して頭上からの攻撃に対処しつつ、内部への侵入を果たしていた。

と——そこで、遠距離から飛来した光の槍《やり》が、俺の近くにいた悪魔共を撃ち抜く。視線を上げれば、こちらへと接近してくるルミナの姿が見て取れた。

「お父様！　外門の破壊、成功しました！」

「よくやった。どうやら、俺たちの仕事ももう少しで終わりらしいな」

門の解放は時間の問題だろう。そうしたら、騎士団の面々がここまで殺到してくるはずだ。そうなると、流石に少々動きづらくなってしまうだろう。ならば——

「お前ら、そろそろ行くぞ！　騎士団が入ってくる前に、奥《おく》まで入り込む！」

「いきなり奥まで行くつもりですか!?」

「当たり前だ。手前にいる連中なんぞ、あっという間に狩《か》られちまうだろうが」

今回は敵の数も多いが、味方の数も非常に多いのだ。うかうかしていたら、あっという間に獲物を奪《うば》われかねない。周囲を敵に囲まれているぐらいがちょうどいいというものだ。

周りを薙《な》ぎ払うように刃を振るい、近くにいた悪魔共を斬り払う。そこに駆け込んできたセイランの背に跳び乗り、ルミナを伴って駆け出す。進行経路上にいた悪魔共を薙ぎ倒《たお》し、アリスを呼び寄せつつペガサスを呼び出した緋真を連れて、ベルゲンの内部へ。

悪魔に支配された大要塞《ようさい》――その内部が、果たしてどれほどのものであるのか。その戦力を、しかと見届けさせて貰うとしよう。

第二章　駆ける騎兵たち　その2

ベルゲンの上空へと飛び出し、内部の様相を確認する。地下から潜入《せんにゅう》した時と同じように、中は無数の悪魔によって支配されている状況だ。

しかしあの時とは違《ちが》って、悪魔共は慌《あわ》ただしく動き回っている。流石に、攻撃を受けている最中では、あのように無意味な行動を取り続けるというわけにはいかないのだろう。

基本的に、内部の悪魔共は二通りの動きに分かれている。一つは外壁へ向かい、押《お》し寄せてくる俺たちに対処しようとしている奴ら。もう一方は、街の中央部へと向かう連中だ。

何をしようとしているのかは分からんが、そちらの方向に何かがある可能性は高いだろう。とりあえず、アイツらを追跡《ついせき》する形で動くとするか。

「緋真！」

「分かってます、あっちですよね！　空中からの援護《えんご》とか要ります？」

「要らん、それは騎士団の方が仕事をしてるだろう」

俺たちと同じように空中からベルゲンに侵入した騎士団、および一部のプレイヤーは、主に空中からの支援《しえん》を任務としている。彼《かれ》らの仕事は、この戦いにおける制空権の確保だ。

悪魔共も、飛行する魔物《まもの》のスレイヴビーストや、翼を持つデーモンキメラなど、空中における戦力はいくらか保有している。そんな連中が頭上から攻撃してくるとなると、安心して地上攻《ぜ》めを行うことが難しいのだ。

故にこそ、制空権の確保は重要だ。空中から落ちてくるのが攻撃ではなく援護であれば、地上の人間は心置きなく戦うことができる。

「……まあ、俺には向かん仕事であるが」

何しろ、俺には空対地攻撃が無い。《強化魔法》で多少の援護をしたところで大した意味は無いだろうし、素直《すなお》に地上で斬り合いをしていたいものだ。上空のことは彼らに任せ、俺たちはさっさと敵陣《てきじん》の奥深《おくふか》くまで潜《もぐ》り込んでおきたい。まあ、あまり一気に入り込みすぎると危険であるため、ある程度のところで降りるべきであるが。

と――その時、後方で何かが軋《きし》むような音が響く。振り返ってみれば、そこにはゆっくりと開こうとしている南門の姿があった。どうやら、内部に入り込んだ連中が上手いこと仕事をこなしたようだ。

「お父様、内門が……！」

「ああ、見てみろ。中々に面白《おもしろ》い光景が見られると思うぞ」

門はゆっくりと開き――その向こう側から、馬に乗った騎士たちの姿が現れる。ベーディンジアの騎士団だ。

彼らは門の内部へ、そして雑然とした街中へと、一切躊躇《いっさいちゅうちょ》することなく駆け出してゆく。その動きは、見事と言う他ないものだ。街中で馬を疾走《しっそう》させるなど、そうそうできるものではない。彼らは整然と並びながら街中を駆け抜け、掲げた突撃槍《とつげきやり》や剣《けん》で悪魔共を次々と片付けていく。

「凄《すご》いですね、あの人たちの馬術……あれだけなら先代様にだって引けを取らないのでは」

「専門家だろうからな。それに、この街の構造そのものが馬を走らせることを想定している。彼らにとっては、庭のようなものなのだろうさ」

何にせよ、ここは彼らにとって不利な戦場ではないということだ。

高速で駆け抜ける騎馬隊《きばたい》が悪魔共を間引き、残った連中を歩兵やプレイヤーたちが駆逐《くちく》する。多少苦戦する場面があれど、大勢としては全く問題はないだろう。

――ここまでは、アルトリウスが睨んでいた通りの展開である筈《はず》だ。

「残るは敵の隠し玉のみ、か……ちっとは骨のある敵がいればいいんだがな。セイラン、そろそろ降りるぞ」

「え、もうですか？　悪魔の本拠地《ほんきょち》まで乗り込むのかと」

「それだと全方位から攻《せ》められるだろうが。数で劣《おと》っている以上、油断はできん」

相手は追い詰《つ》められつつある。だからこそ、何をしてくるか分からないという怖《こわ》さがあるのだ。大胆《だいたん》に攻めたとしても、常に余裕《よゆう》だけは持たなくてはならない。どのような状況にも対処できる余裕さえ残しておけば、最後の一手を詰められずに済む。

セイランを操《あやつ》って地上へと降下し、着地して野太刀を抜き放つ。悪魔共の姿はちらほらとある程度だが、奴らはこちらに目もくれず、街の中央部へと向けて走っている。

「本能的な反応というよりは、何かの指示を受けているようにも見えるな」

「ということは、爵位悪魔《しゃくいあくま》でしょうか」

「可能性はあるだろう。さて、とっとと先に進むとするか」

襲ってこないのであれば、こちらから攻撃を仕掛《しか》けるまでだ。

セイランを駆って悪魔共が進む方向へと進む。流石にある程度近付いたら悪魔共も攻撃を仕掛けてきたが、足を止めてまで対処しなければならないような相手ではない。

適当に野太刀で斬り払いながら先へと進み――――見えてきた光景に、口元を歪《ゆが》める。

「くはは……何だ、槍衾《やりぶすま》のつもりか？」

街の中央部へと続く道に、悪魔共が並んで行く手を塞《ふさ》いでいる。先へ進ませまいとしているようだが、それはつまり先に何かがあると言っているようなものだ。

であれば――蹴散《けち》らして先へと進むのみ。

俺は嗤いながらセイランへと合図を送る。それを受け取ったセイランは、身に風と雷《かみなり》を纏う。そのまま、構える相手を恐《おそ》れることなく跳躍《ちょうやく》し――強靭《きょうじん》な前足を振り下ろした。

放たれた風が逆巻き、雷を伴って蹂躙する。まとめて吹《ふ》き飛んだ悪魔共の真っ只中へ着地し、俺は笑みと共に野太刀を納め、餓狼丸を抜き放った。

「さて、押し通らせて貰うとするか」

数は多い。だからこそ、戦い甲斐《がい》があるというものだ。全て蹂躙し、堂々と前に進ませて貰うとしよう。

「『生奪』」

一歩踏《ふ》み出し、敵陣へと飛び込む。

敵の数が多いことは事実だが、合戦礼法はまだ使わない。あれは脳と肉体をかなり酷使《こくし》する術理だ。ここから先で何があるか分からない以上、不用意に消耗《しょうもう》する真似《まね》は避《さ》けなければならない。尤も、多少使った程度でどうにかなるほど柔《やわ》なつもりは無いが。

眼前の悪魔を袈裟懸けに斬り裂き、横合いから繰《く》り出されてきた拳《こぶし》は身を屈《かが》めて回避する。そのままカウンター気味に相手の脇腹《わきばら》へと肘《ひじ》を叩き込んで動きを止め、斜《なな》め前《まえ》に踏み込みながらその胴《どう》を薙ぎ払った。そして噴《ふ》き出る血を無視しながら駆け抜け、振り抜いた刃を反転させる。逆袈裟から振り抜いた刃に対し、そこにいたデーモンキメラは仰《の》け反《ぞ》る形で刃を躱《かわ》そうとするが、完全には躱し切れずに血が噴き出る。

「【マルチエンチャント】、【スチールエッジ】、【スチールスキン】」

しかし、それを追うことなく、俺は《強化魔法》を発動する。流石に全ての装備品に魔法を掛けるとなると中々にMPを消費するが、今はMPを回復する手段には困っていない。追撃《ついげき》を掛けなかった悪魔は困惑《こんわく》した様子ながら、こちらへと反撃《はんげき》しようとし――背中から、心臓を刃に貫かれる。崩《くず》れ落ちるその体の向こうには、気付かれずに接近したアリスがいるのだろう。

まあ、わざわざ確認する必要もない。彼女《かのじょ》ならば、放っておいても存分に戦ってくれるはずだ。

「《蒐魂剣》――【奪魂斬《だっこんざん》】」

歩法――縮地《しゅくち》。

離《はな》れた位置からこちらに魔法を撃とうとしていた悪魔に対し、瞬時《しゅんじ》に肉薄する。反射的に放たれた魔法は俺の頭の横を通り抜けていく。命を奪う脅威《きょうい》が紙一重を穿《うが》つ気配に思わず口角を吊《つ》り上げながら、俺は相手の懐《ふところ》に潜り込んだ。

斬法――柔剛《じゅうごう》交差、穿牙《せんが》零絶《れいぜつ》。

密着に近い距離《きょり》で放つのは、体幹の回旋《かいせん》だけで放つ刺突《しとつ》。回避不可能な距離で放ったその一撃《いちげき》は、確実に悪魔の心臓を貫く。

そのまま刃を捻《ひね》って確実に命脈を断ち斬りつつ、その体を蹴り飛ばす。そしてその勢いで体を回転させ、横合いから迫《せま》る悪魔へと刃を振るった。

「『生奪』」

斬法――剛の型、輪旋《りんせん》。

二体のレッサーデーモンを胴から両断し、刃を構え直しながら袖《そで》で拭《ぬぐ》う。ただのレッサーデーモン程度では、やはり物足りないというものだ。工夫《くふう》もない一閃で斬れてしまうのでは、数がいても満足できるものではない。戦うのであれば――

「最低でもデーモンキメラぐらいじゃないとなァ」

虎《とら》のような顔を持つデーモンキメラが叩き付けてきた拳に対し、刀の柄《つか》を叩き付けて攻撃を逸《そ》らす。そのまま相手の懐に肉薄し、肩《かた》を押し当てる。

打法――破山《はざん》。

衝撃によって吹き飛ばさず、その威力だけを体内に通すように叩き付ける。寸哮《すんこう》を超《こ》える破壊力《はかいりょく》を直接内臓へと叩き付けるのだ。人間であれば、ただそれだけで即《そく》死するほどの威力。だが、強靭な肉体を持つデーモンキメラを殺めるには至らない。

それでも、呼吸が詰まり動けなくはなっているのだろう。硬直《こうちょく》したその巨体《きょたい》の首筋へと、俺は刃を突《つ》きつける。

斬法――柔の型、零絶《れいぜつ》。

密着させた刃から威力を伝えた一閃が、デーモンキメラの首を深く斬り裂く。噴き上がる緑の血、首を押さえながら崩れ落ちる悪魔を尻目《しりめ》に、俺は次の獲物を睥睨《へいげい》し――

「《スペルエンハンス》――【フレイムストライク】!」

緋真が放った炎が悪魔の群れに直撃《ちょくげき》し、派手な爆炎を上げる。

《スペルエンハンス》は《スペルチャージ》が進化したスキルだ。追加消費MPは少なくなり、純粋に性能が向上していると言えるだろう。ちなみに、《火炎魔法《かえんまほう》》による新たな魔法は単体向けであるため、今この場では使いづらい。

爆発によって吹き飛んだ悪魔共は駆け抜けるセイランによって踏み潰され、体勢を崩された連中はすかさず接近したルミナによって斬り裂かれた。

「輪旋か。威力の高い業を先に教えたか?」

「一応、一緒《いっしょ》に浮羽《うきばね》も教えましたよ。ほら先生、先に進みましょう」

「くく、お前に言われるとはな」

前方を指し示す緋真に、思わず笑みを零《こぼ》しながらも歩を進める。さて、この先には果たしてどれだけの敵がいることやら——

「愉《たの》しませろよ悪魔共。こんな要塞に引きこもったんだ、何もできないとは言わせんぞ」

哄笑《こうしょう》と共に、前へと進む。悪魔共の本陣《ほんじん》は、眼前にまで近づいて来ていた。

第三章　駆ける騎兵たち　その3

「――貪《むさぼ》り喰《く》らえ、『餓狼丸』」

目の前にいた悪魔の肩を踏み台《だい》にしながら集団の中へと突入し、餓狼丸の力を解放する。強化したばかりではあるが、門やここに来るまでの悪魔で解放するために必要な程度の経験値は稼《かせ》げていた。溢《あふ》れ出した黒いオーラは周囲の悪魔共に絡《から》みつき、その体力をどんどんと吸収し始める。

現状、《HP自動回復》――否、《HP自動大回復》の効果は、餓狼丸による吸収を上回っている。見た目上、俺のHPは全く減っていない状態だ。周囲の敵の数は多く、吸収できるHPも多い。これならば、短時間で餓狼丸の攻撃力《こうげきりょく》を上昇《じょうしょう》させられるだろう。

上段からの振り下ろしで悪魔の身を袈裟懸けに斬り裂き、返す刃に《練命剣》を発動して薙ぎ払う。後ろから付いてきた緋真は、その様にどこか呆《あき》れを交えた声を上げた。

「もう餓狼丸を使うんですか？　そこまでの強敵はいませんけど」

「ああ、現地人がいる場所では使いづらいからな。できるならば、今のうちに吸収限界まで持って行きたい」

餓狼丸の体力吸収は、対象を選べない無差別なものだ。それこそ、味方どころか使い手である俺にすら牙を剥《む》くのだ。大層な妖刀である。

だからこそ、現地人がいる場所では流石に使いづらい。彼らにとってＨＰの価値は、俺たちのものよりも遥《はる》かに高いのだ。

確かに餓狼丸の吸収能力はかなり強力であるが、俺にとってはそれよりも、攻撃力が上昇することの方が重要だ。鋭《するど》さを増したこの刃であれば、上位の悪魔にすら容易《たやす》く傷を付けることができる。攻撃が通じない相手であろうと吸収ならばダメージを与《あた》えられるが、やはり直接斬り合わなければ面白くないのだ。

「画面映り悪いんですよねぇ。先生の近く、靄《もや》が濃《こ》くなりますし」

「文句を言うな、それよりも戦いの方が重要だ」

現在、緋真は俺と自分の戦闘《せんとう》を生配信のカメラとやらで撮影《さつえい》している状況だ。

尤も、そのカメラを手に持っているわけではない。空中で浮遊《ふゆう》している緑色の結晶《けっしょう》、淡《あわ》く光を放つそれこそがカメラであるということらしい。

まあ、戦闘の邪魔《じゃま》にならないのであれば咎《とが》めるつもりはないが……これの向こう側で師範代《はんだい》たちが盛り上がっていると思うと少し微妙《びみょう》な気分だ。見せることに否はないのだが、どうにも落ち着かない。

「はぁ……まあ、仕方あるまい」

それそのものから気配を感じるわけでもなければ、物理的に触《ふ》れられるわけでもない。であれば、存在しないのと同じだ。気にせずに、目の前の敵に集中するとしよう。

正直なところ、悪魔の数は非常に多い。この街に存在する悪魔のうち、半分は外へ、もう半分はこの中心部へ向かったのかと錯覚《さっかく》するほどだ。だからこそ、餓狼丸の効果も高い。集う黒いオーラによって、この刃は鋭さを増してゆく。

歩法――間碧《かんぺき》。

悪魔共の間をすり抜けるように踏み込んで、その前進の勢いのままに刃を振るう。己の体重を一閃の勢いに上乗せし、放つのは渾身《こんしん》の横薙ぎ。

「『生奪』」

斬法――剛の型、扇渉《せんしょう》・親骨《おやぼね》。

振り抜いた刃が黒と金の軌跡《きせき》を残し、五体の悪魔を斬り伏《ふ》せる。それによって切り開かれた道へ、緋真が躊躇《ためら》うことなく踏み込み、刃を振り下ろした。

「《術理装填《そうてん》》、《スペルエンハンス》【フレイムストライク】！」

振り下ろしの一閃に反応し、解放された炎が眼前の悪魔共を吹き飛ばす。それによってできた空間へと踏み込んでいくのは、風を纏い駆けるセイランと、翼を広げたルミナだ。

強引に踏み込んで暴れまわるセイランに対し、ルミナは器用に立ち回りながら立ち往生する悪魔を斬り裂いていく。アリスに関しては姿が見えないが、どうやら後方で隙《すき》を突く機会をうかがっているようだ。仲間たちの戦いに笑みを浮かべて前方へと視線を向け——

見慣れぬ姿の敵に、思わず眼を細めた。

姿形はレッサーデーモンに近いが、奴らよりは人間に近い姿をしている。デーモンキメラのように魔物の要素を兼《か》ね備《そな》えているわけでもない、デーモンナイトに近い姿の悪魔。

あれは——

■デーモン
種別：悪魔
レベル：40
状態：アクティブ
属性：闇《やみ》・火
戦闘位置：地上・空中

どうやら、下級《レッサー》ではない純粋な悪魔のようだ。デーモンナイトとの立ち位置の差は良くわからんが、何にせよレッサーデーモンより強力な悪魔であることは間違いあるまい。デーモンはこちらへと掌《てのひら》を向け、そこに黒い炎の塊《かたまり》を発生させる。それを目視した俺は、体を深く沈《しず》み込ませながら地を蹴った。

歩法——烈震《れっしん》。

「《蒐魂剣》」

悪魔の手から放たれる黒炎。その火球へと向けて、俺は一直線に突撃する。それと共に繰り出すのは、蒼《あお》い光を纏って突撃する神速の刺突。

斬法——剛の型、穿牙《せんが》。

俺の放った刺突は飛来した黒炎を直撃し——それを掻き消しながら尚《なお》も前へと進む。それに対し攻撃を打ち消されたデーモンは、咄嗟に防御魔法《ぼうぎょまほう》を発動して俺の攻撃を受け止めようとする。魔法の構築速度は非常に速い。間違いなくレッサーデーモンとは比べ物にならないレベルだろう。

だが、魔法である以上は《蒐魂剣》で斬り裂ける。俺の放った一撃は、防御魔法を僅《わず》かな抵抗《ていこう》のみで刺《さ》し貫き、その奥にいたデーモンの胸へと突き刺さっていた。心臓を貫き、だがそれだけでは死んでいない。どうやら、頑丈《がんじょう》さもかなり上がっているようだ。

「──死ね」

故に、相手が抵抗するよりも早く、籠手《こて》を峰《みね》に添《そ》えて刃を押し上げる。心臓を貫いた刃にて肺を、動脈を断ち斬り──緑の血が、噴水《ふんすい》のように噴き上がる。

そして血に濡《ぬ》れた刃を羽織の袖で拭い、前方を睥睨して、俺は嗤う。

「新手をこれだけ用意するとは……中々、用意がいいじゃねぇか」

デーモンたちは俺たちの前方だけではなく、建物の内部や上でこちらのことを狙いながら待ち構えていた。

同時、こちらへと降り注ぐいくつもの魔法。《蒐魂剣》では、この全てに対処することは不可能だ。だが、全てが俺を狙っているのであれば、回避は難しくない。

「《蒐魂剣》……！」

前方から迫ってきていた闇の槍を斬り裂き、前へと駆ける。俺が居た場所へは次々と魔法が突き刺さり石畳《いしだたみ》を砕《くだ》くが、こちらの身を傷つけるには至らない。巻き起こった爆発を背に、その圧力すらスピードに変換《へんかん》しながら、前へと駆ける。

歩法──渡風《わたりかぜ》。

眼前に割《わ》り込んできたレッサーデーモンの顔面に跳び蹴りを浴びせかけ、そのまま足場にして跳躍する。そして立ち並ぶ悪魔共の肩や頭を足場に、その足場を切っ先で撫《な》でて斬り裂きつつも前に進んだ。

対し、驚愕《きょうがく》した様子の前方のデーモンが再びこちらへと闇の弾丸《だんがん》を放つ。魔法陣で増幅《ぞうふく》された弾丸の数は六つ。《蒐魂剣》で対処するには数が多い。

故に――

打法――槌脚《ついきゃく》。

上方へと鉤縄《かぎ》を放ち、ついでに足場にした悪魔を踏み潰しながら跳躍する。足元を通り抜けていく魔法の気配を感じ取りながら、デーモンの頭上まで到達《とうたつ》する。

「がら空きだ――『生奪』」

斬法――柔の型、襲牙《しゅうが》。

デーモンの頭上から、一直線に刃を振り下ろす。一撃で鎖骨《さこつ》の隙間《すきま》から心臓と肺を破壊し、そのまま体を押し潰すような形で臓腑《ぞうふ》を纏めて抉《えぐ》り抜く。流石に体内を刃でかき混ぜられれば、この悪魔とて絶命するようだ。

どの程度で死ぬのかは覚えておく必要があるが――

「――《蒐魂剣》」

まずは、殺到してきた魔法に対処するとしよう。眼前に収束する黒い炎を斬り裂き、範《はん》囲《い》魔《ま》法《ほう》の発動を防ぐ。同時、体を低く沈み込ませて地を蹴った。

歩法――烈震《れつしん》。

遅《おく》れて俺《おれ》のいた場所に突き刺さった風が、炸裂《さくれつ》と共に竜巻《たつまき》と化す。その影響範囲《えいきょうはんい》から辛《かろ》うじて逃《のが》れた俺は、眼前の悪魔《あくま》を斬り裂きながら建物の上へと鉤縄を伸《の》ばした。そして屋上の縁《ふち》に引っかかった鉤縄を全力で引き、同時に強く地を蹴って跳躍する。そのまま建物の外壁を駆《か》け上り屋上へ――

「《蒐魂剣》ッ！」

直後、襲ってきた黒い氷の槍を斬り裂いて着地、そのまま目の前の悪魔へと向けて駆け出す。それに対し、デーモンは右腕《みぎうで》を巨大な剣へと変貌《へんぼう》させてこちらを迎《むか》え撃《う》ってきた。

斬法――柔の型、流水《りゅうすい》。

振り下ろしてきた巨大な刃に、刃を添わせて流し落とす。互《たが》いの息遣《いきづか》いすら感じ取れるその距離で、俺はそのまま踏み出した足を強く捻るように回転させ、その動きに腰《こし》を、そして全身を連動させる。

「『生奪』……ッ！」

斬法――剛の型、白輝《びゃつき》・逆巻《さかまき》。

本来であれば振り下ろしのみでしか使うことのできない白輝の術理。それを強引に振り上げに適応させたその業は、白輝にこそ及《およ》ばないが、それでも破壊力は十分すぎるほどに高い。刹那《せつな》の間に振り抜《ぬ》かれたその一閃は、デーモンの体を逆袈裟に断ち斬っていた。

吹き飛んだ上半身が地上へ落下していくのを見下ろしながら、飛来する魔法《まほう》を迎撃《げいげき》しようと餓狼丸《がろうまる》を構え——こちらへと向いていたデーモンの内の一体が崩れ落ちた。

「アリスめ、働きすぎだ」

どうやら、アリスも二体程度はデーモンを片付けたらしい。俺が視線を集めていたとはいえ、手際《てぎわ》がいいことだ。

他のデーモンについても緋真《ひさな》が周囲のレッサーデーモンごと一体を仕留め、ルミナとセイランは建物の上にいた連中を狙って攻撃を行っている。俺の方に注意を向けているデーモンは最早《もはや》おらず、拍子抜《ひょうしぬ》けして嘆息《たんそく》し——改めて、街の中心の方向へと視線を向けた。

そこに現れた、強い殺気を放つ気配へと向けて。

「さてと……多少は骨のある奴《やつ》が出て来たか」

こちらへと向かって歩いてくる、一体の悪魔。人間に近い姿をしたそいつは、少女に近い見た目の悪魔だった。

また、同じく人と同じ姿をした悪魔を三体引き連れているが、強い魔力《まりょく》を有しているのは先頭にいる少女の悪魔だ。白いローブに近い服を纏うそいつは、俺のことを敵意の篭《こも》った視線で見上げていた。その視線を真っ向から受け止めて、俺は嗤《わら》う。

「さあ、テメェはどう来る？　試《ため》させて貰うぞ」

ヴェルンリードへの前哨戦《ぜんしょうせん》だ。ここまで増してきた力が、果たしてどれほどのものであるか——それを確かめるとしよう。

建物の上から飛び降り、勢いを殺しながら地面に着地する。本来、戦いにおいては高い位置を取った方が有利であるのだが、俺には遠距離《えんきょり》攻撃《こうげき》の手段がない。素直に同じ土俵に立った方が戦いやすいのだ。

さて、場所は街の中心部――つまり、石碑《せきひ》のある広場だ。

どうやら、あの石碑は現在稼働《かどう》していない状況にあるようだ。まあ、転移できない時点でそれは当然なのだが……どうにも、おかしな気配を感じる。

餓狼丸のエフェクトではないが、うっすらと黒い靄《もや》のようなものが纏《まと》わりついているように感じるのだ。あれの詳細《しょうさい》は分からないが、大方悪魔共が何らかの悪さをしているということなのだろう。

ともあれ、経緯《けいい》は何でもいい。今気にするべきことは――

「今いる親玉はお前たちってことで合ってるか、爵位悪魔？」

「あーあ、嫌《いや》だなぁ。せっかく遊んでたのに、何で君みたいな化け物が出てくるんだろうねぇ。きひひっ」

俺の言葉に対し、その白いローブを纏った少女の悪魔は不気味に笑う。

その姿からは魔法使《まほうつか》いのような印象を受けるが、どうにも違和感《いわかん》がある。態度もそうなのだが、どうにも嘘《うそ》くさい。何かを隠している気配を感じるのだ。

こういった手合いは総じて面倒《めんどう》だ。用心してかかるべきだろう。

「折角《せっかく》大人しく引きこもってたのにさぁ、僕《ぼく》たちのことなんか無視して、ヴェルンリード様を狙《ねら》えばいいいんじゃない?」

「よく言うものだ。この街の人間を殺し続けた貴様らに、掛ける慈悲《じひ》などありはしない」

そもそも、悪魔である時点で殺すことに変わりはないのだが。

しかし、こいつはあまり戦というものの大局は見えていないようだ。このまま俺たちがベルゲンを無視してヴェルンリードを討《う》てば、こいつは四方を人間によって取り囲まれることになる。そもそも、その場合こちらがこいつらから背後を突かれかねんし、そのような選択肢《せんたくし》を取ることはあり得ない。

戦を知らん者を将として置いたヴェルンリードは、いったい何を考えているのか。

まあ、大方あまり考えてはおらず、純粋《じゅんすい》に強さで決めたのだろうが。

そうすると、こいつはやはり——

「……貴様、子爵級《ししゃくきゅう》か」

「きひっ」

俺の言葉に対して不気味に嗤い、その悪魔は歪んだ笑《え》みを浮《う》かべ――軽く腕《うで》を振《ふ》るった。瞬間《しゅんかん》、感じた悪寒《おかん》に俺はすぐさま体を逸らす。それとほぼ同時、奴の広い袖口《そでぐち》から飛び出した鎖《くさり》分銅が俺の頭のあった場所を貫いた。

成程《なるほど》、つまりこいつは――

「暗器使い、か。妙《みょう》な悪魔もいたものだ」

「へぇ、今のを避けるんだ。あー、やだやだ。ホントに強いんだもんさ……そんな君を殺せば、人間をいくらか動揺させられるかな？」

「やってみろ、出来るものならな」

暗器使いが相手となると、かなり慎重《しんちょう》な立ち回りが要求される。こいつらは何をしてくるか分からない。常に何かしらの罠《わな》を仕掛けられていると考えながら戦った方が良いだろう。意識を集中させつつ、俺は緋真たちへと声を掛《か》ける。

「コイツの相手は俺がする。お前たちは他の連中に当たれ。だが、こちらに近づくなよ」

「大丈夫《だいじょうぶ》ですか、先生。その悪魔は……」

「構わん、他の連中をなんとかしろ」

戦えなくはないが、流石《さすが》にこいつ相手には集中したい。できれば、他の悪魔共は緋真たちに任せたいところだ。俺の意を酌《く》んで、緋真は覚悟《かくご》を決めた表情で小さく頷《うなず》く。

意識を集中させ、全ての殺気を目の前の悪魔へと向ける。俺の本気の殺意を浴びた白い悪魔は、流石に表情を強張《こわば》らせ、重心を低く構えた。

「成程……本物の化け物だねぇ、君」

「貴様らにだけは言われたくないな、悪魔。俺など、結局はただの人間でしかない」

「ふぅん、よく言うよ。そんな事、微塵《みじん》も思っていないくせに」

歪んだ笑みと共に、悪魔はだらりとその両手を下げる。袖に隠《かく》れた両手からは、何が飛び出してくるか分からない。

「僕は子爵級第三十四位、アリーアン。縊《くび》り殺してあげるよ、人間」

「久遠神通流《くどうじんつうりゅう》、クオンだ。テメェの首でこの戦いの幕を引いてやろう」

やはり、こいつは子爵級の悪魔であったようだ。

フィリムエルとの戦いは、未《いま》だに記憶《きおく》にこびり付いている。奴は中々に強力だった。武術と魔法、両方に秀《ひい》でた強力な悪魔であった。こいつは果たして、どのような力を持っているのか。その期待を込《こ》めて、俺はゆっくりと距離を詰める。

瞬間――――アリーアンの右手が閃《ひらめ》いた。

「っ――」

歩法――縮地《しゆくち》。

飛来したナイフを回避《かいひ》しつつ、地を蹴《け》る。滑《すべ》るように接近した俺に対し、アリーアンは即座《そくざ》に後方へと跳躍しつつ左腕《ひだりうで》を振るった。飛び出してきたのは先ほどと同じ分銅だ。

だが、僅かに弧《こ》を描《えが》くように放たれたそれは、俺の体の何処《どこ》かに巻き付けることを目的としているのだろう。無論、その思惑《おもわく》に素直に乗る筈もない。

「シッ！」

歩法――陽炎《かげろう》。

緩急《かんきゆう》をつけた歩法により、分銅は空を切って建物の壁《かべ》に激突《げきとつ》する。

俺はその下を潜《くぐ》り抜けてアリーアンへと接近し――舌打ちと共に、横へと跳躍した。先ほど投擲《とうてき》された鎖分銅が、唐突《とうとつ》に引き戻《もど》されて俺の背中を狙ってきたのだ。回避したことで命中はしなかったが、おかげで距離を開けられてしまった。

そして、アリーアンは鎖分銅を回収し、代わりに袖口の中から取り出したのは――

「……何だそりゃ」

「おや、知らないかい？　これはね、こう使うんだよ！」

いくつもの刃《やいば》が連なった、鞭《むち》のような武器。奇妙《きみよう》な武器であるが、その形状からして攻《こう》撃《げき》手段は限られている。それを示すかのようにアリーアンは腕を振るい――まるで生き物であるかのように、その刃の鞭は俺へと襲《おそ》い掛かってきた。

随分《ずいぶん》と扱《あつか》い辛《づら》そうな長さである筈なのに、理不尽《りふじん》な速さでこちらへと襲い掛かってくる刃。舌打ちし、それでもこちらを貫《つらぬ》こうと向かってきた刃を餓狼丸の一閃《いっせん》で弾《はじ》き飛ばす。そしてそれと共に、俺は深く身を沈み込ませた。

歩法――烈震《れっしん》。

体重を利用した急激な加速。

自らの息すら詰まりそうなその勢いで、俺は一気にアリーアンへと接近し――その動きを途中《とちゅう》で中断して、強く前へと足を踏み込み、地を蹴り上げる。

歩法――跳襲《ちょうしゅう》。

「は――――?」

横合いから迫る、空気を割《さ》く音。相手の殺気が向いていたのは、俺のアキレス腱《けん》だった。故にこそ、大きく跳躍してその攻撃を回避しながら、上下逆さまになって刃を振るう。

斬法――柔《じゅう》の型、釣鐘《つりがね》。

「ひっ⁉」

だが、アリーアンは咄嗟《とっさ》に身を屈めることで俺の一閃を回避してみせた。

尤《もっと》も、この攻撃が命中することを期待していたわけではない。刃を振るった勢いで空中で体を回転させた俺は、そのまま着地と同時に反転、相手へと刃を振るう。

「『生奪』！」

「無ッ茶苦茶だなぁ、ホントに！」

しかし、アリーアンは身を翻《ひるがえ》して紙一重で回避、振るった手の中に刃の鞭が引き寄せられ、一振《ひとふ》りの剣と化す。同時に振るった左袖から飛び出してきたのは、三本のナイフだ。

体の三点を狙って放たれたそれを一閃で二つ弾《はじ》き、一つは回避しながら前へと進む。僅かに見えたが、何かしらの液体が付着していた。恐らくは毒だろうし、受けるわけにはいかない。

斬法――柔の型、月輪《がちりん》。

手首の動きだけで放つ弧を描く一閃。アリーアンはそれに反応しきれず、肩口《かたぐち》に僅かに傷を付ける。傷としては浅いが、それでも俺の攻撃力で十分にダメージを与えられることだけは判明した。であれば――このまま零絶《れいぜつ》にて斬《き》り裂《さ》く。

「――『生奪』」

「冗談《じょうだん》じゃないっての！」

だが、俺の殺気に反応したのか、アリーアンは足元に何かを投げつけた。丸い、ボールのような物体。それを視界の端《はし》に捉《とら》えて、俺は舌打ちしつつ後方へと跳躍する。瞬間――ボールが地面に衝突《しょうとつ》し、緑色の煙《けむり》を発生させた。

吸わぬように呼吸を止めながら距離を取り、再び飛来した刃の鞭を弾き返す。全く、本当に面倒な動きをしてくれるものだ。幸い、状態異常は発生していない。耐性《たいせい》を高めておいたためか、吸わなかったことが功を奏したのか。

どちらにせよ、真っ当に斬ることが難しい相手だ。さて、如何様《いかよう》に斬ったものか。

「はは、凄いねぇ！　ヴェルンリード様にあれだけ敵視される理由も分かるってもんだよ」

煙の向こうから刃を振るい、アリーアンが声を上げる。横へと走りそれを回避しつつ、俺は相手の動きを観察した。肩口から血を流しているが、奴はいまだ健在だ。殺し切るに足るダメージには到底届《とうてい》かない。

厄介《やっかい》な能力だ。何が出てくるか分からないというのは、こちらとしてもその都度対処しなければならないため、後手に回ってしまいがちである。であれば……やはり、あれしかないか。その一手を打つために、一瞬《いっしゅん》だけ隙が必要であるが――

「きひ、だがいいのかい？　君たちはともかく、他の人間たちのことを放っておいて」

「何……？」

再び襲い掛かってきた切っ先を地面へと叩《たた》き落とし、相手へと向けて駆ける。だが、刃の群れが行く手を遮《さえぎ》り、迂回《うかい》せざるを得ない状況《じようきよう》だ。さっさと奴の口を塞いでしまいたいところであるのだが、そう簡単にはいかないか。

「君さぁ、僕がこの街に何も仕掛けなかったとでも思ってるの？」

「……！」

「君たちが攻めてくることなんて分かり切っていたんだ、中に入ってくることだってね。それなら——準備しておくことぐらい当然だろう？　きひひひっ！」

——舌打ちし、思考を遮断《しやだん》する。これに関して、今俺に打てる手はない。であれば、目の前の相手を殺すことに集中するまでだ。

翻る刃は、こちらを取り囲むことを狙うように動いている。流石に、この連結した刃の中に取り囲まれては厄介だ。こちらを貫こうと迫ってきた切っ先を上へと弾き返し——そこに、声が響《ひび》いた。

「——そして、内部に部隊を潜入《せんにゆう》させていた以上、その罠の所在を知っているのも当然ということですね」

聞こえてきた、涼《すず》やかな声。聞き間違《まちが》える筈《はず》もない、アルトリウスの声だ。どうやら、『キャメロット』もまた敵の本丸を落とすことを優先して動いていたらしい。

そちらには視線を向けず、刃の渦《うず》に出来た隙から抜け出しながら、気配のみでアルトリウスの動きを探《さぐ》る。どうやらこの男、悪魔の出方をある程度予想していたようだが――

「潜入部隊の目的は、跳《は》ね橋《ばし》を降ろすことだけではなく、街全体の状況把握《じょうきょうはあく》も含《ふく》まれていました。仕掛《しか》けられた罠など、とっくの昔に把握《はあく》していますよ」

「……何だよお前」

これまで軽薄《けいはく》な態度を崩していなかったアリーアンが、苛立《いらだ》ったように低い声音《こわね》を発する。成程、コイツの人格がある程度読めてきた。どうやら、思い通りにいかないことに苛立つタイプの性格であるようだ。

俺のことについては、正面から戦うのは厳しいと最初から分かっていたのか、これまで苛立ちを発することはなかったようだが……さて、であれば――

歩法――間碧《かんぺき》。

僅かに揺《ゆ》らいだ刃の隙間を縫《ぬ》い、アリーアンへと接近する。こちらの接近に気づいた奴は、舌打ちしつつもこちらへ意識を切り替《か》えた。

だが、それでもアルトリウスに対する苛立ちは消し切れていないようだ。動きが鈍《にぶ》っているのであれば、そこは容赦《ようしゃ》なく突かせて貰《もら》うとしよう。

「くっ、そ！　どいつもこいつも、邪魔なんだよぉ！」

「――《蒐魂剣《しゅうこんけん》》」

魔力の高まる気配に合わせて、《蒐魂剣》を発動する。アリーアンは全身から雷《かみなり》を放出し、それを刃の鞭に伝達して攻撃を仕掛けてくる――が、その刃にこちらの一閃を当ててやれば、雷の魔法は瞬く間《またたくま》に消え去った。

それを察知し――アリーアンは、即座に刃の鞭を手放す。代わりにこいつの袖口から飛び出してきたのは、腕に備え付けられていたと思わしき仕込《しこ》み刃だ。

斬法――柔の型、流水《りゅうすい》。

拳《こぶし》を突き出しながらの刺突を半身になって回避し、直後に放たれた横薙《よこな》ぎを受け流す。

そして返す刀で斬りつけるが、アリーアンはもう一方の袖から出現させたブレードでその一撃を受け止めた。

こちらは刺突用の刃のようだ。斬りつける攻撃には向かないのだろう。そして、どちらの刃にしても、何かしらの液体が付着している。攻撃を受ければ面倒なことになるだろう。

斬法──剛《ごう》の型、竹別《たけわかち》。

「ぐ……ッ⁉」

踏《ふ》み込んだ足に力を籠《こ》め、強引《ごういん》に刃を振り抜く。その勢いに押《お》されたアリーアンはたたらを踏み、刃で斬りつけようとしていた動きを停止させた。

同時、こちらは一気に距離を詰《つ》め、刃を振るう。

「『生奪』」

下から掬《すく》い上げるような一閃。その一撃に、体勢が崩《くず》れていたアリーアンは咄嗟に両手の刃を交差させるように構え、俺の一撃を受け止めて──そのまま、衝撃《しょうげき》に逆らわず後方へと跳躍《ちょうやく》した。

その動きには思わず感心する。他の対処であれば、あと数手で詰んでいただろう。だが、だからといって手を緩《ゆる》めるような理由はない。

口元を歪《ゆが》めながら前に出ようとし──俺は、足を止めた。感じた僅かな違和感、そして視界の端で一瞬だけ反射した光。それを察知した感覚が、安易に踏み込むべきではないと告げていたのだ。

と――そこに、アルトリウスの声が響く。

「クオンさん、非常に細い糸のトラップの存在が報告されています。恐《おそ》らく、彼女《かのじょ》が仕掛けたものかと」

「ふむ……成程な。了解《りょうかい》した」

「それと、出来れば聞き出したい話があるのですが」

「……そりゃ面倒だな」

要するに、一撃《いちげき》で殺さずに無力化しろということか。

正直面倒だが――まあ、やってやれないことはないだろう。無理なようであれば即座に殺せばいい、まずは最後の一手まで追い詰める。

張り巡《めぐ》らされた糸を察知することは困難であるが、不可能ではない。ほんの僅かに反射する光から位置を割り出し、刃を振るう。一瞬《いっしゅん》弾《はじ》き返されそうな弾力《だんりょく》を感じるが、それでも俺は踏み込んだ足に力を籠め、刃を振り抜いた。瞬間、ばつんと音を立て、見えない糸が断《た》ち斬られる。感覚は掴《つか》めた。これならば、対処は可能だ。

「ッ……このっ！」

こちらへと向けてナイフを投げ放ってくるアリーアンであるが、この距離《きょり》ならばわざわざ弾く必要もない。さっさと回避しつつ、行く手を遮る糸を断ち斬りながら悪魔へと接近する。それに対し、アリーアンが取り出したのは、先ほどとは異なる形状の鞭だ。今度は刃が連なる形ではなく、普通《ふつう》にロープの形状をしている。

振るわれた鞭はこちらの腕を狙って飛来する。複雑な動きの武器であり、触れれば絡め取られる面倒な性質を持っているが——先端《せんたん》を狙って弾き返せば良いだけだ。

暗器使いは手札が多いが、逆に言えばそれを潰《つぶ》してやればそれ以上の動きはできなくなる。尤も、どこまで手札を残しているか分からないため、さっさと殺すべきなのだが——

「——仕方あるまい」

ここから奴の元まで、既《すで》に糸はない。そして、奴の呼吸は既に掴んだ。ならば——ここで決める。

「《練命剣《れんめいけん》》——【命輝閃《めいきせん》】」

黒に染まり切った餓狼丸が、黄金の輝《かがや》きを纏う。太刀《たち》は蜻蛉《かげろう》の構えにて、深く身を沈めるように構える。アリーアンは鞭を引き戻し、こちらへと振り下ろそうとして——その刹那に、俺は足を踏み出した。

歩法・奥伝《おくでん》——虚拍《こはく》・先陣《せんじん》。

踏み込み、地を蹴り、意識の空白へと潜《もぐ》り込む。奴の意識から逃れ、全ての意志が擦《す》り抜けていくその水面の下のような感覚の中、俺はアリーアンへと肉薄《にくはく》し——黄金の輝きを纏う刃を振るった。

その一閃はアリーアンの右肩《みぎかた》へと突《つ》き刺さり、右腕を丸ごと斬り落とす。それと同時に、アリーアンは見失っていた俺を捉えたのだろう。驚愕に目を見開きながらも、左腕の刺突《しとつ》刃《やいば》でこちらを狙ってくる。

「こ、の――！」

それは反射的な反応。だからこそ――その反射の空隙《くうげき》へと潜り込める。

奴が攻撃へと転じるその刹那、俺は再びアリーアンの意識の外へと潜り込んだ。

歩法・奥伝――虚拍・後陣《こうじん》。

「《練命剣》――【命輝閃】」

背後に回り込んで振るった一閃が、アリーアンの左肩《ひだりかた》へと食《く》い込み、左腕を斬り飛ばす。

この悪魔の武装は、そのほぼ全てが両腕《りょううで》の袖《そで》の中に仕込まれていた。故に、この両腕さえ斬り飛ばしてしまえば、手札の大半を封《ふう》じることができるだろう。そして両腕を失った衝撃に揺れる悪魔の体を、左腕で押しながら地面に叩き付ける。

打法――流転《るてん》。

背中から叩きつけられたアリーアンは大きく息を吐《は》き出し――その腹の中心へと、餓狼丸の刃を突き立て、地面に縫い付けた。

「がっ、は……!?」

「……ここまでだな」

背中に装備している野太刀《のだち》を抜き放ち、その切っ先を突きつけながら、俺はそう告げる。

夥《おびただ》しい量の血を流す悪魔は、放っておけば程《ほど》なくして息絶えるだろうが、話を聞くだけならこれでも構わんだろう。いつでも首を落とせるように体重を添えつつ、俺はアルトリウスに視線で示す。

と、そこでようやく気づく。いや、気配自体は気づいていたのだが、アルトリウスの隣《となり》にいたのは彼《かれ》の部下ではなく、別の人物であったようだ。

「団長殿に王子殿下《でんか》でしたか。貴方《あなた》がたがこの悪魔に用があるということで?」

「あ、ああ……まさか、子爵級を無傷であしらうとは」

唖然《あぜん》とした様子の騎士団長《きしだんちょう》には、軽く肩《かた》を竦《すく》めて返す。

正確に言えば、ダメージを負うことができないのだ。こちとら防御力《ぼうぎょりょく》は決して高くはない上に、《練命剣》で自らＨＰを削《けず》っているため、攻撃を受けることは危険すぎる。実際のところ、戦いなど常に紙一重でしかないのだ。

「それで、聞きたいこととは？　放っておくとこれもすぐに死にますよ」

「おっと、済まないな……悪魔よ、答えて貰うぞ」

「き、ひひ……まともに答えるとか、思ってるの？」

口から血を溢《あふ》れさせながら、それでもアリーアンは嘲笑《ちょうしょう》を浮かべる。さもありなん、脅《おど》すにしても既に致命傷《ちめいしょう》だ。コイツを見逃《みのが》す選択肢はないし、交換《こうかん》条件になるものがない。しかし、団長殿もそれは理解しているのだろう。渋《しぶ》い表情ながら、尚も言葉を重ねる。

「このベルゲンで、軍を指揮していた方がいた筈だ。その方は――」

「お前たち、姉上をどうした……どこへやった！」

「軍の指揮官……女の将軍？　きひっ、ああ、覚えてるさ……きひひ」

どうやら、覚えのある話であったらしい。しかし、王子の姉ということは第一王女ということか？　一国の王女が将軍などをやっているとは。

「でも……僕は、何もしていない……きひっ、そいつはヴェルンリード様と戦った。死んでるんじゃゃない？」

「死んでなどいない！　姉上は、まだ……！」

「きひひひっ！　なら最悪だ、あの方に持ち帰られたんだろう！　可哀想《かわいそう》にねぇ！　きひひひひっ！」

「おい、悪魔。ヴェルンリードは何をした。気に入った人間を連れ帰って飾《かざ》るとはどういう意味だ」

首筋に刃を食い込ませながら、俺は問う。それに対し、アリーアンは口元を大きく歪めて嗤い――

「教えてあーげない！」

――魔力を収束させたその瞬間、俺は刃を振るいアリーアンの首を斬り飛ばした。

緑の血を噴《ふ》き出しながら首が転がり――それでもなお、アリーアンは嗤い続ける。

「きひひひひっ！　絶望するがいいさ！　きひひひひ――」

そしてそこまで口にしたところで力尽《ちからつ》きたのか、アリーアンは黒い塵《ちり》となって消滅《しょうめつ》した。

復活する気配もないことを確認《かくにん》し、突き刺していた餓狼丸を引き抜く。

他の男爵《だんしゃく》級と思わしき悪魔共も緋真たちによって倒《たお》されているし、とりあえず敵の主力は片付けたと見るべきか。

「ふむ。それで団長殿、ここからどうする？」

「……ともあれ、まずは石碑を解放する。悪魔共の力によって封じられてしまっているが、これさえ解放すれば街としての機能を取り戻せる」

「それはそちらにお任せしてもよろしいので？」

「うむ、むしろこちらでなければ難しいだろう、こちらに任せてくれ」

どのような作業をするのかは知らんが、任せろと言うのであればお言葉に甘《あま》えるとしよう。できれば他の悪魔でも狩《か》りに行きたいところであるが――

『条件を達成しました。ワールドクエスト《駆ける騎兵たち》が進行します』

『グランドクエスト《人魔大戦《じんま》》が進行します』

――強大な魔力の気配が上空に出現したのは、その直後だった。

「『生魔《せいま》』ッ！」

膨《ふく》れ上がった気配に対して即座に反応し、刃を振るう。直後、振り上げた刃は、俺を目がけて落ちてきた雷を斬り裂いて消滅させていた。

《練命剣》を組み合わせてなお確かに腕に響く重さに、その魔法を放った者が誰《だれ》であるかを理解する。上空を見上げれば——案の定、そこにはかつて相対した悪魔の姿があった。

「良くもやってくれましたね、人間」

「ヴェルンリード……！」

翠《みどり》のドレスを纏う女、伯爵《はくしやく》級悪魔——かつてこの街で戦ったあの女だ。ヴェルンリードは上空に浮かんだまま、俺に対して強い憎悪《ぞうお》の視線を向けてきている。

成程……どうやら、ここからが戦いの本番であるらしい。湧《わ》き上がる殺意を制御《せいぎょ》しながらセイランを呼び寄せ、相手の出方を見ながら静かに構える。

ここにいるのが俺たちだけであれば遠慮《えんりょ》なく突撃《とつげき》させて貰っていたところであるが、生《あい》憎《にく》とここには騎士団長と王子がいる。この国の重要人物である以上、殺させるわけにはいかない。

アルトリウスに目配せし、二人を避難《ひなん》させるよう告げつつ、俺は上空のヴェルンリードへと声を上げる。

「遅《おそ》かったな。全て終わってからのこのこと現れるとは」

「フン……構いません。どうせ、街など占拠《せんきょ》していてもあまり意味はないのだから。とはいえ、ここまで邪魔《じゃま》をされて黙《だま》っているつもりもないですが」

ヴェルンリードはそう口にして、再び魔力を高め始める。舌打ちし――俺は即座に、セイランに跳《と》び乗って上空へと駆け上がった。翼《つばさ》を羽ばたかせるセイランは、同時に風と雷を纏い、その一部をヴェルンリードへと向けて放つ。

だが、生憎とその程度でダメージを受けるような存在ではない。厄介であるが、認めざるを得ないのだ。こいつは紛《まぎ》れもなく、今まで戦ってきた中で最高位に近い悪魔なのだと。

「その程度が通じると思わないことです！」

「《蒐魂剣》！」

ヴェルンリードが振るった腕から、風の刃が飛来する。それを《蒐魂剣》で斬り裂いて、俺は更《さら》にセイランを加速させた。

まずは、コイツを地に叩き落さねばならない。空中では、俺は十全に戦力を発揮することができないからだ。だが、それを相手に悟《さと》られるわけにもいかない。こちらが地上にこだわっていることを感じ取らせず、地上での戦いに移行しなくては。

「『生魔』……！」

奴の魔法そのものは、《練命剣》を織り交ぜなくても斬れるようになった。今の俺の《魔力操作》であれば、どの程度の力があれば斬れるのかを判断することができる。だが、障《しょう》壁《へき》を斬り裂いて奴自身にダメージを与《あた》えるためには《練命剣》を使った方が良い。

「セイラン、相殺《そうさい》しろ！」

「ケエエエエッ！」

ヴェルンリードが放ってきた魔法に対し、セイランは同じく魔法で対抗《たいこう》、その魔法を相殺する。セイランはかなり全力で攻撃を放たなければならないため、正直なところ燃費は良くない。だがそれでも、接近しなければならない以上、手加減をしている余裕《よゆう》などない。

「しッ！」

風を使って加速したセイランと共に、ヴェルンリードへと突撃する。

リーチから言えば野太刀を使いたい所であるが、攻撃力《こうげきりょく》ではHPを吸収した餓狼丸の方が遥《はる》かに上だ。アリーアンとの戦いの最中で既に吸収限界まで達している餓狼丸は、野太刀を大きく超《こ》える攻撃力を誇《ほこ》っている。

魔法を相殺した余波に晒《さら》されつつも、多少のダメージは物ともせずに吶喊《とっかん》し――俺《おれ》の刃は、ヴェルンリードの障壁を斬り裂き、その右腕《みぎうで》を斬り飛ばした。

「――――っ!?」

その感触《かんしょく》に、何よりも俺自身が驚愕《きょうがく》する。今のは肉を斬り、骨を断った感触ではなかった。むしろ、魔法を斬った時と同じような、水でも斬り裂いたような感覚。

違和感を覚えつつセイランを旋回《せんかい》させて、俺は思わず眼を見開いた。切断されたヴェルンリードの腕、そこから零《こぼ》れていたのは血ではなく、輝く魔力の粒子《りゅうし》だったのだ。

これは実体ではない、魔法によって作り上げられた分身だ。分身体のヴェルンリードは斬り落とされた右腕を見下ろし、小さく嘆息する。

「……やはり、この程度では仕留めるには至らないか」

「貴様……何のつもりだ？」

「今回はただのメッセージ。お前を殺せれば僥倖《ぎょうこう》だったけれど……それは次の機会に取っておくとしましょう」

腕の切断面から魔力が漏《も》れ出ると共に、ヴェルンリードの分身が薄《うす》れてゆく。《蒐魂剣》による効果は、分身体に対しても効果的であるらしい。

とはいえ、一撃で消えない辺り、かなり高度な魔法《まほう》であることは間違いないようだが。

「聞くがいい、魔剣《まけん》の剣士《けんし》。そして、地上にいる人間共よ。これより、我らはお前たちに全面攻撃を仕掛けます」

「……！」

「ただ一人として生かしてはおかない。この地に蔓延《はびこ》るお前たちを根絶やしにする……さあ、北の空を見なさい」

ヴェルンリードの気配からは意識を外さぬようにしつつ、示された方角へと視線を向ける。そしてその光景を目にし、俺は思わず息を飲んだ。

北の空が黒く染まっている。あれは――

「あれが……全部悪魔《あくま》だと？」

「お前たちがここに釘付《くぎづ》けになっている内に、十分な戦力は用意できました――さあ、ここからが本当の戦争です」

舌打ちしながら振り返るが、ヴェルンリードの分身は既に消滅しかかっている。だが、その表情の中に浮かべられているのは侮蔑《ぶべつ》交じりの嘲笑だ。

成程。どうやら先手を打ったつもりで、向こうに打たれていたらしい。

「一人残らず散りなさい。お前たちの力は全て、わたくしたちが有効に活用してあげましよう」

そう言い残し、ヴェルンリードの分身は消滅した。それと共に、再びシステムアナウンスの音声が耳に届く。

『ワールドクエスト《駆《か》ける騎兵たち》のクエスト目標が更新《こうしん》されました。クエストメッセージを確認してください』

舌打ちし、俺は再び遠景の敵の姿を確認する。

飛行して接近してくるものだけではなく、地上を駆ける悪魔もいるようだ。ベルゲンに辿《たど》り着くまでにはまだしばらくの時間はあるだろうが、楽観視できるような数ではない。

さて、これはどうしたものか。とりあえず、まずはアルトリウスと話をするべきだろう。

『レベルが上がりました。ステータスポイントを割《わ》り振ってください』

『《刀術》のスキルレベルが上昇《じょうしょう》しました』

『《強化魔法》のスキルレベルが上昇しました』

『《MP自動大回復》のスキルレベルが上昇しました』

『《奪命剣《だつめいけん》》のスキルレベルが上昇しました』

『【咆風呪《ほうふうじゅ》】のテクニックを習得しました』

『《識別《しきべつ》》のスキルレベルが上昇しました』

『《練命剣》のスキルレベルが上昇しました』
『【命輝一陣《めいきいちじん》】のテクニックを習得しました』
『《蒐魂剣》のスキルレベルが上昇しました』
『【因果応報】のテクニックを習得しました』
『《テイム》のスキルレベルが上昇しました』
『【モンスターサイト】のテクニックを習得しました』
『《HP自動大回復》のスキルレベルが上昇しました』
『《魔技共演》のスキルレベルが上昇しました』
『《インファイト》のスキルレベルが上昇しました』
『《回復適性》のスキルレベルが上昇しました』
『テイムモンスター《ルミナ》のレベルが上昇しました』
『テイムモンスター《セイラン》のレベルが上昇しました』

戦闘《せんとう》状態が解除されたことにより、経験値が適用される。とりあえず、新たなテクニックが手に入ったことは喜ばしいが……今はそれどころではないか。

「セイラン、とりあえず戻るぞ」

「クェ」

セイランを地上へと向かわせつつ、ようやく餓狼丸《がろうまる》の解放を解除する。

地上に近づいたところでセイランの背から飛び降り、向かうのはアルトリウスの元だ。

アルトリウスと緋真《ひさな》たち、そして騎士団長と王子は、全員石碑《せきひ》の前に集合していた。

アルトリウスの仲間たちは揃《そろ》ってシステムウィンドウを覗《のぞ》き込んでいるが……どうやら、更新されたクエストの情報とやらを確認しているらしい。

「どういう状況だ？」

「ああ、先生。ワールドクエストの情報が更新されたんですけど……ポイント関連の話が追加されてますよ」

「あん？　ふむ……悪魔を倒してポイントを稼《かせ》げ、ねぇ」

他にも、街の修復や支援《しえん》を行うなど、ポイントを稼ぐ方法は多岐《たき》に亘《わた》っているようだ。

ちなみに、このポイントは後々イベント報酬《ほうしゅう》と交換できるらしい。とはいえ、今回は個人成績のみであるようだが。それはそれで興味深いが、今は置いておくとしよう。

それよりも、今は考えなくてはならないことがある。

「アルトリウス、敵が迫《せま》っているぞ。かなりの数だ……正直なところ、これでプレイヤーを焚《た》きつけたところで、被害《ひがい》無しとは行かんぞ」

「ええ、分かっています……クオンさん」

石碑を弄《いじ》っている王子たちを見つめ、そしてしばし黙考《もっこう》し――アルトリウスは顔を上げる。そこに浮《う》かんでいたのは、確かな決意の表情だ。

「少し、無茶《むちゃ》にお付き合いいただいてもいいでしょうか」

「無茶だと……？」

「――敵を突っ切り、直接ヴェルンリードに攻撃を仕掛けます」

――その言葉に、俺は大きく目を見開いて絶句した。

無茶どころの話ではない。普通に考えて、無理と言わざるを得ないような戦いだ。

「……お前さんにしては、随分と現実味のない話だな」

「ええ、承知の上です。しかし正直なところ、これ以外の手を打ったところで後手にしか回りようがない」

アルトリウスの表情は非常に厳しい。俺自身感じ取ってはいるが、こいつは更に先まで見て難しい戦いだと判断しているのだろう。

決して、上手《うま》い手であると言えるはずがない。それでも、それを通さねばならないほどの状況か。そして――その無茶な手を、俺ならば通せる可能性があると、アルトリウスの瞳《ひとみ》はそう告げている。

「……聞こう、一体何をするつもりだ？」

「クオンさんのパーティ、そして僕《ぼく》たちのパーティで敵を突破《とっぱ》し、この国の北限――ヴェルンリードのいる場所まで向かいます。そこで決着を付けられるかどうかよりは、情報を得ることが目的ですが……」

「――可能であると判断したならば、その場でヴェルンリードに挑《いど》む、か。くくく、無茶にも程があるな」

あのアルトリウスらしからぬ、無謀極《むぼうきわ》まりない作戦だ。だが――

「いいだろう、お前さんの思惑に乗ってやる。その無茶を通してやろうじゃないか」

そう告げて、不敵に笑う。

無茶は承知の上、決死の戦いだ。ああ、全く――それでこそ血が滾《たぎ》るというものだ。

方針は決まったが、すぐに動けるというわけではない。俺たちのみならば構わないのだが、アルトリウスにはこなしておかなければならない仕事があった。

まずは、出発前に今後の戦いの方針を伝えなければならない。どうやら前線拠点《きょてん》をこのベルゲンに移し、向かってくる悪魔共の迎撃《げいげき》に当たるらしい。

現在、『エレノア商会』が動員できるメンバーを全て動かし、街の修復にあたっている。とはいえ、悪魔共と接敵するまでに全てを修復できるわけでもないため、戦いながらの修復となってしまうだろうが。

「この状況だってのに、お前さんが直接指揮をとらなくていいのか？」

「ええ、対応方針は全てKに伝えていますから。対応そのものは特に問題はありません」

「……何か気になる点でもあるのか？」

「……敵の一部がこの街を無視して、他の拠点を攻撃された場合です。手は打ってありますが……やはり、万全《ばんぜん》とは言い難《がた》いですね」

苦々しい表情のアルトリウスに、さもありなんと肩を竦めて返す。後手に回ってしまった以上、万全の態勢を組めないことは分かり切っている。対応方針を各所に伝え、迎撃の態勢を整えさせただけでも御《おん》の字《じ》といったところだろう。

この状況においての王道と言えば、敵の攻撃《こうげき》を凌《しの》ぎながらこちらの態勢を整え、十分な戦力を整えた上で反撃《はんげき》を仕掛けることだろう。長期戦にならざるを得ず、被害は少なからず出るだろうが、勝ちの目は十分にある。

だが、アルトリウスはそれよりも、速攻《そっこう》を仕掛けることを望んだ。その裏にどのような意図があるのかは分からないが、そこはあまり気にしてはいない。勝てば状況は大きく好転し、負けても情報は手に入る。俺たちが挑もうとしているのは、そういう戦いだ。

「打てる手は打った。ならば、後は動くしかあるまい」

「……ですね。あまり時間も残されていませんから」

頷《うなず》いたアルトリウスを伴《ともな》い、北門へと向かう。

瓦礫《がれき》に埋《う》め尽《つ》くされていた北門であるが、現在のところそれらは全て撤去《てっきょ》されている。敵の侵入《しんにゅう》を防ぐこともできるが、瓦礫があるとこちらも外へと出撃《しゅつげき》しづらいのだ。特に、騎馬《きば》での戦いを主とする騎士団の面々にとっては致命的《ちめいてき》だろう。

エレノアたちの手によって片付けられ、現在は門の修復が最優先で行われている。悪魔共の攻撃が始まるまでには何とか間に合うだろう。尤《もっと》も、街中の修復は全く終わっていない状況であるため、この要塞《ようさい》の機能はほぼ停止していると言っても過言ではないのだが。

「やあ、来たかいアルトリウス」

「お待たせ、もう出発できるよ」

アルトリウスの気軽な口調に、僅《わず》かながらに目を見張る。

彼は、基本的に誰に対しても丁寧《ていねい》な口調を崩さない。例外は、彼の最側近であると言えるディーン、デューラック、Kの三人だった。ということは、この白い髪《かみ》の少女もまたアルトリウスの側近、そしてリアルからの知り合いであるということか。

濃《こ》い蒼《あお》の瞳を煌《きら》めかせ、その魔《ま》法使《ほうつか》い風の姿をした少女は、こちらに視線を向けて相好を崩す。

「やあ、こんにちは。僕はマリン、支援魔《しえんま》法《ほう》部隊の部隊長だ。よろしくお願いするよ、クオン君」

「ふむ……ああ、よろしく頼《たの》む」

どうにも胡散臭《うさんくさ》い笑《え》みを浮かべる人物だが、アルトリウスが信頼《しんらい》している相手であるならば、とりあえずは問題ないだろう。少なくとも、こちらとの関係を拗《こじ》らせてくるような真似《まね》はしない筈だ。

後のメンバーはディーンとデューラック、そして以前の会議でも顔を合わせたスカーレッドと高玉《たかだま》だ。前衛三人、後衛三人と、中々にバランスの良さそうな組み合わせである。

「成程《なるほど》、最精鋭《せいえい》か。だが、戦力は足りるのか？」

「これ以上割《さ》けば、こちらの防衛に響きますからね。最低限の数で、最大限の戦力を導き出すにはこれが最善です」

「その割には軍曹《ぐんそう》を入れないんだな」

「彼は少し特殊《とくしゅ》ですからね……それに作戦立案、指揮どちらも得意ですから、防衛の方をお任せしています」

「そうか。まあ、確かに適任ではあるな」

あのオッサンならば、この状況でも持ちこたえることは可能だろう。無論、様々な条件はあるが、撤退《てったい》を進言していないということは何とかできると判断したということだ。

とりあえず、このベルゲンの防衛だけは何とかなるだろう。

「ともあれ、出発しましょう。かなりの無茶になりますが……」

「承知の上だ。それで――正面から突っ切るのでいいのか？」

俺の言葉に、アルトリウスは大きく目を見開く。

普段《ふだん》からクールな表情を崩さないコイツを驚《おどろ》かせたことに笑みを浮かべていれば、アルトリウスは視線を細めながら問い返してきた。

「……可能ですか？」

「無理――と言うところだったが、いいタイミングだったな。かなり無茶をすることになるが、出来ないことはないぞ」

餓狼丸を見下ろし、俺は頷く。本来であれば、不可能としか言いようがなかった。だが、先ほど手に入れたテクニックがその不可能を覆《くつがえ》す可能性を有していたのだ。

「一応聞いておくが……空中から行くんだろう？」

「ええ、部隊長級についてはペガサスを購入《こうにゅう》しています。地上よりは空中の方がまだ敵の数は少ないですからね」

まあ、それにしたところで数の差は歴然であるため、あまり救いになる話ではないのだが。とはいえ、俺としても空中から進むことについては賛成だ。

敵の数にしてもそうだが、移動速度が地上を行くよりも遥かに速くなる。あまり長く時間を掛《か》けられない以上、速度は重要な要素だ。

「であれば、まだ可能性はある。ある程度賭《か》けになるが、乗るか？」

「……ええ、貴方の賭けであれば、乗る価値はあります」

俺の言葉に、アルトリウスは不敵に笑う。尤も、部下の内の数人は何か言いたげな様子ではあったが――それでも、アルトリウスが決めた以上はそれに従うつもりなのだろう。

それを思考停止と呼ぶか信頼と呼ぶかはともかくとして、一度口に出したからには仕事を果たすつもりだ。ひらりとセイランの背に跳び乗り、野太刀を抜《ぬ》き放つ。

「アリス、お前さんはどちらに乗る？」

「そんな無茶をしようとしてる貴方と同乗するなんてごめんだわ。体を固定できないジェットコースターじゃない」

「お前さん、ジェットコースターなんて乗ったことあるのか？」

「宣戦布告と受け取っていいかしら」

アリスの遠慮のない物言いには皮肉を返しつつ、向かう北の空を見上げる。

悪魔の数はかなりのものだ。この数は流石《さすが》に、殲滅《せんめつ》し切れるようなものではない。

だが、突破するだけならば、何とかしてみせるとしよう。ペガサスを呼び出して騎乗《きじょう》している彼らへと視線を向けつつ、俺は改めて声を上げる。

「ざっくりと説明する。俺があの悪魔共の群れに全力で攻撃を叩《たた》き込《こ》む。ＨＰを半分ぐらい消費するので、その次の攻撃でＨＰを吸収する。吸収では流石に殺し切れんと思うから、そこに攻撃を撃《う》ち込んでくれ。クールタイムがあるからすぐに連発はできんが、こいつはそう長いクールタイムじゃない」

「……それなら、間を埋める攻撃の役目は順繰《じゅんぐ》りにした方が良いですね」

「それと、僕はクオン君のサポートに専念しよう。少しでも火力は上げた方が良いだろうし、回復もできるよ」

「ふむ……成程、それなら頼むとしようか」

マリンの提案に頷きつつ、俺は野太刀に【スチールエッジ】を掛けて空を見上げる。悪魔共が近付いてきている。ベルゲンに辿り着くまで、あと十分も無いだろう。そろそろ、出発せねばなるまい。

「生憎、気の利《き》いたことは言えん。とりあえず言うことは……生き残れ、以上だ」

それだけ告げ、俺はセイランに合図を送った。地を蹴《け》り、翼を羽ばたかせ、セイランは空中へと駆け上がる。後ろを他の面々が追いかけてくる気配を感じながら、北へと向かう。

「【ブーストアップ・ストレングス】」

「【エンチャントライト】」

マリンと、次いでアルトリウスからの支援を受け取り、野太刀の刃《やいば》に光が灯《とも》る。悪魔共もこちらの姿を捉《とら》えたのか、こちらへと向けて加速を開始したようだ。

空を埋め尽くすほどの悪意――それを真っ向から受け止めて、俺は嗤《わら》う。

「《練命剣》――【命輝一陣】」

野太刀の刃が、生命力の輝きを纏《まと》う。《生命力操作》によって注ぐＨＰの量を増し、俺のＨＰ総量の半分程度を注《そそ》ぎ込んだ。眩《まばゆ》く黄金に輝く刃は目を焼かんばかり。

手綱《たづな》を放し、両手で刃を握《にぎ》り――上半身の力を以《もっ》て、刃を横薙《よこな》ぎに振《ふ》り抜いた。刹那《せつな》、黄金の輝きが刃となり、前方へと向けて撃ち放たれる。

これは、以前にオークスと手合わせした際に見た、生命力の刃を放つテクニックだ。限界までＨＰを注ぎ込んだその一撃は、巨大《きょだい》な刃となって悪魔の群れへと直撃《ちょくげき》した。

『ギイイイイイイイイイイイイイイッ⁉』

黄金の刃は、無数の悪魔を引き裂《さ》き、黒い悪魔の群れに大きな切れ込みを走らせる。

だが、ここで止まりはしない。その切れ込みの中へと飛び込みながら、次なるテクニックを発動させる。

「《奪命剣》――【咆風呪】」

続いて、野太刀が黒い闇《やみ》を纏う。それを横薙ぎに振り払《はら》えば、黒い闇が風となって溢れ出した。生命力を食らう黒き呪《のろ》いは、オークスとの手合わせで喰《く》らい、敗北することとなった一撃だ。このテクニックによって放たれた黒い闇は、悪魔の群れを瞬《また》く間《ま》に飲《の》み込み、その生命力を削り取っていく。【命輝一陣】を受けながらも辛《かろ》うじて生き残っていた悪魔も、これによって生命力を吸い尽くされ、干《ひ》からびて絶命することとなった。

そして——

「緋真ッ！」

「——《スペルエンハンス》、【フレイムストライク】ッ！」

すかさず、悪魔の群れへと緋真の魔法が放たれる。紅の火線を引いて宙を駆けた魔法は、黒い風に包まれていた悪魔共を直撃し、派手な爆発《ばくはつ》を巻き起こす。元よりＨＰを削られていた悪魔共はその火力に一瞬《いっしゅん》で焼き尽くされ、群れの陣容《じんよう》に大穴を開けることとなった。

その穴の中へと飛び込んでいきながら、俺は再び刃を構える。やることはこれの繰《く》り返しだ。ＨＰは【咆風呪】で十分に回復できているし、これならば決して不可能な無茶ではない。あまり好みの戦いであるとは言えないが、悪魔共の思惑《おもわく》をぶち壊《こわ》してやると思えば悪くない。

「さあ、続きだ——ぶち抜いてやれッ！」

「はい、お父様！」

ルミナが光芒《こうぼう》を放つ姿を横目に見ながら、俺は笑みを浮かべる。待っているがいい、ヴェルンリード。必ずや、この切っ先を届かせてやろう。

「《練命剣《れんめいけん》》――【命輝一陣】！」

テクニックが再使用可能になったタイミングを見計らい、刃に生命力を注ぎ込む。放出できる限界までHPを捧《ささ》げることは流石にリスクが高いのだが、それでもそれに見合うだけの破壊力《はかいりょく》を導き出すことができる。

黄金に輝《かがや》く刃は空を裂いて飛翔《ひしょう》し、悪魔の群れを纏めて薙《な》ぎ払う。そして、返す刃で放つのは、先程《さきほど》と同じく失ったHPを補填《ほてん》するためのテクニックだ。

「《奪命剣》――【咆風呪】！」

溢れ出した呪いの風は、斬撃の衝撃《しょうげき》に怯《ひる》んでいる悪魔たちを飲み込み、その生命力を削り取ってゆく。奪《うば》い取った生命力が己《おのれ》の中へと流《なが》れ込んでくるのを感じながら、更に先へ。

《奪命剣》の攻撃力そのものは《練命剣》とは比べるべくもないのだが、範囲《はんい》についてはこちらの方が広いようだ。そして、この攻撃によって体力を削られた連中は、後続から放たれる範囲《はんい》魔法《まほう》によって吹《ふ》き飛ばされることになる。

「――【フレイムストライク】！」

放たれた炎《ほのお》の魔法が悪魔の群れに突《つ》き刺《さ》さり、巨大な爆炎と共に蹂躙《じゅうりん》する。それを放ったのは緋真ではなく、『キャメロット』の魔《ま》法攻撃《ほうこうげき》部隊の部隊長であるスカーレッドだ。

彼女《かのじょ》は攻撃魔法《こうげきまほう》を専門にしているだけあって、その威力《いりょく》は緋真の魔法よりも更に高い。

しかも――

「【フリーズストライク】っ！」

彼女は、二種類の魔法を習得している。まあ、魔法使い系のスキル構成をしているプレイヤーは、大概《たいがい》は二種類の魔法を使っているらしいが。

理由としては、一つの属性だけでは不利な相手と当たった場合に打てる手がなくなってしまうから、だそうだ。ルミナやセイランにしても二種類の属性を保有しているし、それほど珍《めずら》しいことでもないのだろう。

ともあれ、魔法攻撃力《まほうこうげきりょく》に優《すぐ》れたスカーレッドの魔法は、俺の振るった【命輝一陣】にも劣《おと》らぬ数の悪魔共を吹き飛ばす。辛うじて一撃目《いちげき》を耐《た》えたとしても、二撃目には耐えられるようなものではなく、投棄《とうき》されたゴミのように地上へと向けて墜落《ついらく》していった。

そして、それでもなお、攻撃を生き延びたような悪魔は――

「しッ！」

「そこだっ！」

俺が振るう野太刀《のだち》と、ディーンが繰り出した馬上槍《やり》によって斬《き》り裂かれ、絶命する。

魔法系の技能はほぼ習得していないディーンは遠距離《えんきょり》攻撃《こうげき》には向かず、結果的にこうして、俺と並んで残敵を片付ける作業をすることになったのだ。魔法攻撃こそできないものの、その戦闘能力は素晴《すば》らしい。

「……まさか、馬上槍まで扱《あつか》えるとはな」

「剣と一緒《いっしょ》に教えられましたからね。馬が手に入ったら是非《ぜひ》使いたいと思っていましたよ」

「空中で使うことになるとは思っていなかっただろうがな」

「ははは、それは確かに」

互《たが》いに笑いながら言葉を交《か》わし、それでも手を止めることはない。俺たちにとっては、後ろの連中が詠唱《えいしょう》している魔法が生命線なのだ。この黒い悪魔の群れを何とか突破しない限り、目的地に辿り着くことはできない。

接近する悪魔を次々と斬り裂き――そんな俺たちの横を、一本の矢が貫《つらぬ》いてゆく。風を纏うその矢は、まるでドリルか何かのように悪魔の群れに突き刺さり、螺旋《らせん》を描《えが》きながら抉《えぐ》り抜く。

弓使いである高玉の魔導戦技《マギカ・テクニカ》だろう。こちらは弾速が凄《すさ》まじく、触《ふ》れた悪魔が紙屑《かみくず》か何かのように引き千切られ、そのまま貫通《かんつう》していく。彼《かれ》はそれ以外にも次々と矢を放つことで俺たちの援護《えんご》を行っており、何気に仕事量は一番多いかもしれない。

流石は『キャメロット』の幹部メンバー、その実力は折り紙付きということだ。

「《スペルエンハンス》、【ルミナスストライク】！」

続いて魔法を放ったのはアルトリウスだ。

こいつは緋真と同じようにバランスの良いスキル構成をしているようで、魔法も決して不得手ではない。特に、悪魔には効果が若干《じゃっかん》高い光属性の魔法であるため、威力でも緋真に引けを取るということはない。尤も、流石にルミナよりは威力が低い様子ではあるが。

ちなみに、マリンは攻撃系の魔法も扱えるものの、全員の回復や補助に専念しており、最後の一人であるデューラックは最後尾《さいこうび》で後ろから追撃《ついげき》してくる悪魔への対処を行っていた。地味ではあるが、これが無ければ後衛組が襲《おそ》われて落とされていたとしても不思議ではない。後で礼を言わなくてはならんな。

「しかし、そろそろ抜けたいところだが——《練命剣》、【命輝一陣】【命輝一陣】」

ここまで連発してきたこともあり、【命輝一陣】の扱いにもある程度慣れてきた。

どの程度のＨＰを消費すればどの程度の威力になり、どの程度飛距離《ひきょり》が延《の》びるのか。覚えたばかりのテクニックであるため、ある程度習熟したいと思っていたことは事実だが——【咆風呪】と合わせて、これならば十分に実戦投入できるだろう。

「《奪命剣》……【咆風呪】」

気になるのは《蒐魂剣《しゅうこんけん》》のテクニックである【因果応報】だ。オークスから聞いた話では、相手の使ってきた魔法を斬り裂いた上でそれを吸収せず、剣に纏って攻撃力を上げるテクニックだったか。

魔法使いであるヴェルンリードを相手にする場合には中々使えるものであるかもしれないが、まだまだ実態は不明だ。まあ、そこは実際に使って確かめるしかあるまい。今はこちらが魔法の標的になっていない状況《じょうきょう》であるし、気にしても仕方がないのだが。

「光の鉄槌《てっつい》よ、連なりて……！」

魔《ま》法陣《ほうじん》を展開していたルミナが、時間差で光の魔法を撃ち放つ。着弾《ちゃくだん》と共に爆裂《ばくれつ》する閃光《せんこう》は悪魔共を消し飛ばし、群れの中に風穴を開け——その向こう側へと貫通した。

遮《さえぎ》るもの無く見えた青空に、俺は思わず眼を見開く。

「————っ！　加速しろ！」

それを目にした瞬間《しゅんかん》、俺はセイランに合図を送り、その身を一気に加速させた。

手綱を掴《つか》み、振り落とされぬよう身をかがめて、一直線に前へ。

翼を羽ばたかせたセイランは、風を纏いながら群れに開いた穴を通り抜け——俺たちはついに、宙を舞《ま》う悪魔共の群れを潜《くぐ》り抜けることに成功した。だが、まだ安心はできない。群れを潜り抜けたと言っても、まだ背後に大量の悪魔がいる状況なのだ。

「そのまま先へ急げ！　ケツに取り付かれるな、一気に引き離《はな》すぞ！」

「スカーレッドさん、魔法で牽制《けんせい》を！　追撃者の出鼻を挫《くじ》いて！」

「っ――【フレイムストライク】！」

アルトリウスの指示に反射的に反応したスカーレッドが、後方へと魔法をばら撒《ま》く。群れの中から離れてこちらを攻撃しようとしていた悪魔共は、その爆発を受けて動きを止めることになった。

その間に騎獣《きじゅう》を加速させ、俺たちは一気に悪魔の群れから遠ざかる。そして追ってくる悪魔共がいないことを確認《かくにん》し――そこでようやく、安堵《あんど》の吐息《といき》を吐《は》き出した。

『《奪命剣》のスキルレベルが上昇しました』

『《練命剣》のスキルレベルが上昇しました』

『《魔力操作《まりょく》》のスキルレベルが上昇しました』

『《生命力操作》のスキルレベルが上昇しました』

『《回復適性》のスキルレベルが上昇しました』

戦闘状態も解除されたことだし、とりあえずは安心だろう。

かなりの数の敵を倒《たお》していたつもりであったが、使ったスキルが少なかったためか、成長はそれほどでもなかったか。ともあれ、まずは作戦の第一段階は成功だ。

かなり削《けず》られているＭＰの状況を確認しつつ、俺は改めてアルトリウスに声を掛ける。

「とりあえずここまで来ることはできたが……どうする？」

「そうですね……一旦《いったん》、休憩《きゅうけい》にしましょう。幸い脱落者《だつらくしゃ》はいませんでしたが、それでも結構消耗《しょうもう》しましたし」

俺の問いに対してアルトリウスはそう答えつつ、仲間たちに視線を向ける。

『キャメロット』もそうだが、俺たちについても決して無傷で潜り抜けられたとは言えない。ＨＰについてはマリンが定期的に回復していたこともあってそれなりに無事だが、ＭＰはかなり消耗している。俺のように高いレベルでの自動回復を持っている者もいない様子で、全員揃ってＭＰポーションを飲んでいる。

俺も大きく消耗したルミナへとＭＰポーションを手渡《てわた》し、改めて状況を確認する。

「結構な数を落としたとは思うが……ヴェルンリードがいる街まではまだ遠いか？」

「半分ぐらい、でしょうか。まだ後続の悪魔がいる可能性は否定できませんね」

「……今のをもう一回やるんですか？　ＭＰポーション足ります？」

「まだ多少余裕はあるさ。ここまでで半分到達《とうたつ》できているのであれば、目的地までの到達は何とかなるだろうよ」

『エレノア商会』との精算で、事あるごとにポーション系を交換《こうかん》の足しに要求していたのが功を奏した。今のところ、ポーションの数にはまだ余裕はある。アルトリウスたちに配っても何とかなるレベルだ。

ともあれ、とりあえずの方針は決めておくべきだろう。

「今の所、向かってきている悪魔の姿は見えんし、出撃してきているのは先ほどの悪魔だけの可能性は高いな。それで、北の街まで辿り着いたらどうする？」

「状況による、としか。恐《おそ》らく数多くの悪魔がいると思いますし、正面から挑むのは厳しいです……通常であれば」

「……何か策でもあるのか？」

いかな俺とて、他の悪魔とヴェルンリードを同時に相手にすることは難しい。これだけ同行者がいればそちらに受け持ってもらうということも考えなくはないが、やはりそれほど現実的ではないだろう。

俺の疑問に対し、アルトリウスは軽く肩《かた》を竦《すく》めて返す。

「策、というほどでもありませんが……クオンさん、ヴェルンリードは貴方《あなた》を敵視しています。なので、貴方の動き次第《しだい》では、あの悪魔を孤立《こりつ》させられる」

「……つまり、有利に戦える場所まであの女を誘《おび》き寄せて来いってことか？」

「無論、いくつか条件はあります。まずは情報の収集が必要ですね。うちの高玉さんと、そちらのアリスさんに潜入《せんにゅう》をお願いしたいです」

「だそうだぞ？」

「それは構わないけど……随分《ずいぶん》行き当たりばったりね？」

「情報がなければ、作戦も立てられませんからね。こればっかりは、仕方ありません」

アリスの遠慮《えんりょ》のない物言いに、アルトリウスは苦笑《くしょう》しつつそう返答した。現状、後手に回っていることは否《いな》めない。今は少しでも情報が必要であり、それがこの戦いを左右すると言っても過言ではないだろう。

ともあれ、まずは目的地に到達してからだ。どのように動くかは、状況を見てから判断することとしよう。

第九章　駆ける騎兵たち　その9

この作戦に出立する前、アルトリウスと共に騎士団長《きしだんちょう》たちと話をする機会があった。

ヴェルンリードの元へ向かう旨《むね》、最悪でも情報は持ち帰るため、一時的にこの場から離れることを伝えたのだが……その際に、一緒にいた王子から声を掛けられたのだ。

彼から聞かされたのは、アリーアンと戦っていた時にも聞いた、彼の姉――第一王女とやらの話であった。

『姉上は、王女でありながら武勇に優れ、騎士団の将として動いている。貴殿《きでん》と同じく、グリフォンライダーでもあるがな』

『つまり、最前線で戦っておられたということのようだが……なぜ彼女が生きていると確信を？』

『それは、これのお陰《かげ》だ』

言いつつ、王子が差し出してきたのは細い腕輪《うでわ》だった。意識を集中させてみれば、どうやら何らかの魔力が宿っているらしい。

『これは?』

『姉上と、私の魔力を繋《つな》いでいる腕輪だ。これに魔力が宿っている限り、姉上が生きていることは間違《まちが》いない』

『ふむ……成程、今この状態であるから、少なくとも王女殿下《でんか》が生きていることは確実であると』

『そうだ。姉上は絶対に生きている。だから……どうか必ず、姉上を助け出して欲《ほ》しい』

王子は、立場上頭を下げることはできないようであったが、それでも真摯《しんし》に願いを伝えてきた。とはいえ、それを安請《う》け負いできるというわけではない。今生きていたとしても、俺《おれ》たちが辿り着くまで生きているかは分からないのだから。

けれど、それでも――

『最善を尽くしましょう。王女殿下が生きている限り、必ず連れ帰ります』

『……頼む。姉上は、私の憧《あこが》れなんだ』

最後に零《こぼ》れ出たその言葉は、紛《まぎ》れもない彼の本心なのだろう。

以前から妙《みょう》に焦《あせ》った様子であったこと、グリフォンに対してみせていた執着《しゅうちゃく》――その一端《いったん》を垣間見《かいまみ》て、俺は視線を細めたのだった。

そして今、俺はヴェルンリードが構える北限の街ミリエスタを、受け取った腕輪を片手に上空から眺《なが》めている。この腕輪があれば、王女を探す目印になるかとは思っていたのだが……これは、予想していた状況とは少々異なるようだ。

悪魔《あくま》たちに捕捉《ほそく》されぬよう、かなり高い高度からの観察であるため、あまり詳《くわ》しい状況までは把握《はあく》できないのだが――

「……何ですか、これ」

呆然《ぼうぜん》とした、緋真の声が耳に入る。声こそ上げなかったものの、俺としても内心は同じような状況であった。

徹底的《てっていてき》に破壊《はかい》されたミリエスタの街。徹底的に破壊されたような痕跡《こんせき》も気になるが、それよりも奇妙《きみょう》なのは、街のいたるところに点在している緑色の物体だ。あれは――

「高玉さん、何が見えますか？」

「……人の姿をした像だ。緑色に透《す》き通った……恐らくは、宝石のような材質だ」

「エメラルド……みたいにも見えますけど……」

「あまりにも精巧《せいこう》すぎる……どれもこれも、恐怖《きょうふ》の表情だ」

遠距離《えんきょり》を視認《しにん》するようなスキルを使っているのだろう、高玉は不快そうに目を細めながらそう呟《つぶや》く。俺の目にも、いくつもの像が立ち並んでいる光景は見えているが、流石に表情までは把握できない。しかし、彼の言っていることが事実であるならば――

「……まさかとは思うが、人間が像に変えられているのか？」

「可能性はありますね。というより、かなり納得《なっとく》できます。ヴェルンリードが気に入った人間を飾《かざ》るという言葉の意味……つまり、そういうことなのでしょうね」

アルトリウスの言葉に、思わず舌打ちを零す。どうやら、あの宝石像になっても、人間は決して死んでいるわけではないようだ。

しかしながら、どうやって元に戻《もど》すのかは分からず、手の出しようがない状況である。そもそも、元に戻す方法があったとして、他の悪魔に狙《ねら》われかねない状況だ。

非常に厄介《やっかい》な状況であると言えるが――

「……これを知れただけでも価値はありましたね。とりあえず、悪魔たちに捕捉されない位置に移動しましょう」

アルトリウスは渋《しぶ》い表情を浮かべつつも、ペガサスを動かして移動を始める。続いて向かったのは、小高い丘《おか》の陰となっている位置だ。街側からは見えぬ場所に身を隠《かく》しつつ、俺たちは改めて顔を突き合わせた。

「さて、ここからどうするかです」

「ヴェルンリードを仕留める……と一言で言えば簡単だが、ありゃかなり面倒《めんどう》だぞ」

あの街の中のどこにヴェルンリードがいるのかも分からない上に、そこら中に宝石像が置かれている。下手に内部で戦っては、まだ生きている彼らに被害《ひがい》が及《およ》ぶ可能性が高い。どうにかして、奴《やつ》を外まで誘《おび》き出す必要があるだろう。

「とりあえず、主な方針は変わりません。高玉さんとアリスさん……そして、クオンさんに内部に潜入していただき、情報の収集、および可能であれば主要な悪魔の暗殺をお願いします」

「俺も行くのか？」

「ヴェルンリードを挑発《ちょうはつ》する場合、彼女を激昂《げきこう》させるにはクオンさんが必要ですからね。状況に応じてですが、戦うことが可能であると判断したら彼女を街の外まで誘き出したい」

また無茶を言ってくれるものだ。確かにこの状況下では街の外で戦わざるを得ないが、正直どうやって誘き出したものか。

とりあえず、何らかの方法で挑発した後、セイランに乗って上空から外まで逃《に》げるか。そうなると、セイランを一旦従魔結晶《まけつしょう》に戻して連れて行くべきだろう。戦力という意味では、ルミナも一緒に連れて行った方が良いか。

「……了解《りょうかい》だ。やれるだけやるとしよう。アリスはそれでいいか？」

「構わないわよ。私にとってもいい仕事になるし」

「……こちらは、団長の指示に従うまでだ」

「なら、問題はなさそうだな。ルミナ、セイラン。お前たちは一旦結晶《いったんけっしょう》に戻す。呼び出す時は、恐らくヴェルンリードの目の前だろう」

「……！　承知しました、お父様」

緊張《きんちょう》した面《おも》持ちながら、ルミナはしっかりと頷く。セイランについては泰然《たいぜん》としたもので、いつでも任せろと言わんばかりの姿であった。そんな二人の様子に笑みを浮《う》かべつつ、従魔結晶へと戻す。

さて、潜入するメンバーについては問題ないが――

「で、奴を誘き出すことについては理解したが、俺がヴェルンリードを挑発して連れ出す以上、二人乗せて逃げることはまず不可能だぞ？」

「……であれば、僕のことは構わない。元より、一人で行動するつもりだった」

「ほう？　大丈夫《だいじょうぶ》なのか？」

「ああ……元より、僕は高所を確保して狙撃《そげき》を行うつもりだ」

その言葉に、俺は思わず目を瞬《またた》かせる。

高玉が背負っているのは大弓《だいきゅう》であり、かなりの強弓《ごうきゅう》であることは窺《うかが》える。だが、それで狙撃を行えるかと言えばそれはまた別の問題だ。ライフルの銃弾《じゅうだん》より遥《はる》かに遅《おそ》く、重い矢で、長距離《ちょうきょり》を狙撃するなど正気の沙汰《さた》ではない。だが、彼の言葉の中に気負った様子は見られない。まるでそれが当然であると言わんばかりに宣言してみせたのだ。

ちらりとアルトリウスに視線を向ければ、彼は小さく微笑《ほほえ》んだ後に首肯《しゅこう》する。どうやら、高玉の言葉も実力も本物であるらしい。

「……それなら、クオン。私も別行動でいいかしら？」

「お前もか……」

「ええ、あの中は敵に事欠かないでしょう？　楽しそうじゃない」

どうやら、こういった面は相変わらずであるようだ。とはいえ、アリスの実力は十分に理解している。彼女の能力ならば、敵陣《てきじん》の只中《ただなか》でも生き残れる可能性は十分にあるだろう。

「ま、構わんがな。俺はヴェルンリードを探す。お前さんは別の爵位《しゃくい》持ちを探して、可能なら仕留めてくれ」

「了解よ。それで、表側の貴方たちはどうするの？」

「……アルトリウスさん、別に、何もせずにただ様子を見ているなんてことも無いんですよね？」

「ええ、それは当然です。正直、僕《ぼく》らが動かなければ内側も動きづらいでしょうし」

相手に動きが無い場合、かなりの数の悪魔が街の内部にいることだろう。今の状況では、移動もかなり面倒なはずだ。

しかし、今の戦力でこの街の悪魔全てを相手にすることは不可能だろう。精鋭が揃《そろ》っているとはいえ、数に圧倒的《あっとうてき》な差があるのだから。

「こちらからは、少しずつ敵を釣《つ》り出して敵を仕留めていきます。これですぐに敵側が混乱するということはないでしょうが……」

「多少なりとも動きがあれば流れが見える。指示を出している悪魔も見つけやすいだろう」

「そういうことです。中のことはお願いします」

「了解した。ま、何とかしてやるよ」

アルトリウスが動いていれば、悪魔共に動きができる。ヴェルンリードが動くかどうかはともかく、男爵《だんしゃく》級や子爵《ししゃく》級が動く可能性は十分にあるだろう。指示を出している奴がいれば、そいつを潰《つぶ》してやれば済む話だ。

となれば――

「高玉。お前さん、俺とアリスとフレンドを交換してくれるか」

「……俯瞰《ふかん》視点で敵の位置を探《さぐ》るということか」

「ああ。場所が分かったら、俺とアリスにフレンドチャットを送ってくれ」

「成程……了解した。僕には適任だろう」

寡黙《かもく》な男ではあるが、そこそこ期待できそうな人物だ。俺は小さく笑いながらメニューを操作してフレンド申請《しんせい》を送り付ける。

俺とアリス、高玉でチャットを繋げられることを確認し、小さく頷《うなず》いた。

「それぞれがやることは単純だ。俺はヴェルンリードを探す、アリスは爵位持ちを見つけて可能なら暗殺。高玉は高所から爵位悪魔《しゃくいあくま》を狙撃。そして外の連中は敵を挑発して少しずつ釣り出す」

「……簡単に言っていますが、かなり難しい話ですね」

「だが、やらなければそれまでだ。ここまで来たんなら、行けるところまで行こうじゃねぇか」

くつくつと笑いながら、俺は街の方向へと視線を向ける。

やらなければならないことは多い。だが、上手《うま》く行けば敵の大将の首元に刃を突きつけることができる。賭けに出るだけの価値はあるだろう。

俺は大きく深呼吸し、意識を集中した。そして静かに、広く、意識を拡散させてゆく。

これは合戦礼法ではない。ジジイに連れ回された戦場で俺が独自に編み出した、気配の察知方法だ。視覚ではなく聴覚《ちょうかく》、嗅覚《きゅうかく》、触覚《しょっかく》——それらを利用して、己の目の届かぬ位置の気配を感じ取る技術である。

これに名はない。俺の我流《がりゅう》の技術だ。まずは敵に見つからずに街に侵入《しんにゅう》しなくては。

「さて、行くとするか。首を洗って待っていろよ、悪魔共」

奴の首は必ず貰《もら》う。その殺気も全て覆《おお》い隠しながら、俺は街へと向けて足を踏《ふ》み出した。

第十章　駆ける騎兵たち　その10

　アリス、高玉と共にミリエスタの街に侵入する。一部壁《かべ》が破壊されていたため、機さえ狙えば入り込むこと自体は難しくはなかった。無論、悪魔共は数多くいたため、奴らの気配を探りながら移動する必要があったが。

　内部への侵入に成功したところで、高玉はさっさと別行動へ移った。どうやら、彼は高所を確保し、狙撃できる態勢を整えるつもりであるようだ。対し、俺とアリスは室内を確保して、一度身を潜《ひそ》めている。

　移動するにも障害が多い上に、向かう場所も判明していない。逸《はや》る気持ちはあるが、今は無理に移動するメリットが少ないのだ。

「ところでクオン……あの王子様の話、どうするつもりなの？」

「ん？　そうだな……確かに、考えておかんとな」

　問いかけてきたアリスの言葉に、俺は軽く肩を竦めて返した。周囲の気配に対する警戒《けいかい》は続けつつも、俺はその言葉を吟味《ぎんみ》する。

ここに辿《たど》り着くまでにも、いくつか宝石像を確認することができた。その姿形はどこまでもリアルなもので、しかもすべて魔力が宿っている。あまり考えたくはないのだが、元が人間であることは間違いないようだ。

しかしながら、俺たちが持つアイテムやスキルでは、この状態を元に戻すことはできなかった。しかも生きているためなのか、インベントリに押《お》し込むこともできない。

この中から個人を探す面倒もあるが、元に戻せない以上は宝石像のまま連れ帰らなければならないのか。

「ヴェルンリードを殺したら元に戻るってんなら話は早いんだがな」

「そうね。ま、そこまで期待できるものではないと思うけれど」

アリスの遠慮のない物言いには思わず苦笑を零しつつも、内心で同意する。

何らかの魔《ま》法《ほう》によるものか、それとも悪魔の能力か——どちらにせよ、奴らは非常に悪《あく》辣《らつ》だ。あまり楽観的な考えは持つべきではないだろう。

「……まあ、この状況のまま連れ帰るのは無理だ。ヴェルンリードを斬った後に考える」

「数が多すぎるものね。私たちだけでどうにかできる話じゃないか」

今は精々、戦いに巻き込まないように注意することしかできないだろう。

流石に、悪魔との戦闘《せんとう》に宝石像たちを巻き込むわけにはいかない。逃げることもできない彼らは、攻撃《こうげき》が当たれば容易《たやす》く砕《くだ》けてしまうだろう。いかに彼らから悪魔共を離すか、それが問題だ。

ヴェルンリードと相対した時の対応方法を考えつつ——俺はふと、周囲の気配が変化していることに気が付いた。

「む……動きがあったようだな。アルトリウスたちが仕事を始めたか」

「悪魔たちが行動し始めたの？」

「ああ、俺たちもそろそろ動くぞ」

王子から借りてきた腕輪を確かめつつ腰《こし》を上げる。これが目印になるかと思ったが、生《あい》憎《にく》とまだこの魔力の繋がる先を感じ取ることはできない。

まずは、もっと奥《おく》まで入り込《こ》まなくてはならないか。

『……聞こえるか？』

「高玉か。何か分かったか？」

『人間に近い姿をした悪魔が数体、北に向かった。そちらにある建物が目的地のようだ。マップをメールで送る』

「了解だ」

人間に近い姿の悪魔となれば、恐らくは爵位持ちの悪魔だろう。デーモンナイトも人間の姿になれるようではあるが、連中のそれは擬態《ぎたい》に近い。悪魔だけしか存在しないこの地においては、わざわざ擬態を行うような理由は無いだろう。

「よし、まずは北だ。行くぞ」

「分かったわ。到着《とうちゃく》したら別行動ね」

「あまり無茶《むちゃ》はするなよ？」

「いざとなったらスクロールで逃げるわよ」

そういえば、割高ではあったが最後に使用した石碑《せきひ》まで戻れるスクロールを用意していたのだったか。であればある程度は安心だと、メールで送られてきたマップを頭に叩《たた》き込み、俺とアリスは隠れていた部屋から外へと飛び出した。

近くに悪魔共はいない、連中は既《すで》に外へと向かって移動を開始している。全ての悪魔が移動しているというわけではないが、それでもかなり動きやすくなったのは間違いない。

俺はさっさと近場の建物の屋根へと鉤縄《かぎ》を飛ばし、その上へと跳《と》び乗った。そして、壁を蹴《け》って付いて来たアリスを伴《ともな》い、街の北側――そちらにある、マップに示された建物へと向かう。

「貴族の館か何かか？」

「そこそこ大きい家ね」

とんとんと屋根の上を渡《わた》りながら、目的の建物へと接近する。他の建物と比べて、確かにこの建物はあまり破壊されていない。内部も、暮らせる程度には整っていることだろう。

そして、何よりも——

「……ああ、間違いない。ここにいやがるな」

「分かるの？」

「奴の魔力には覚えがある。嫌《いや》と言うほど味わったからな」

果たしてあの戦いの中で、一体幾度《いくど》奴《やつ》の魔法に対処したことか。命中すれば即死《そくし》するような魔法の嵐《あらし》の中、紙一重で戦い続けていれば嫌でも覚えるというものだ。

「さて……俺は奴に接触《せっしょく》する。お前は——」

「一旦ここで待機するわ。貴方がやらかせば、他の悪魔が出てくるかもしれないし」

「構わんが、気を付けて仕留めろよ」

「言われるまでもないわね」

不敵に笑うアリスにはこちらも笑《え》みを返しつつ、先ほどの腕輪を取り出して気配を探る。

この腕輪に宿る魔力と、それに繋がっている魔力を探り——建物の二階に、細い糸が繋がっていることを確認した。

「——そこか」

湧《わ》き上がる殺意を隠しながら、鉤縄を伸ばす。目指すは二階の一室、そこへと向け、俺は鉤縄を引くと共に跳躍《ちょうやく》した。

打法――天月《てんげつ》。

宙返りしながら振《ふ》り下ろした踵《かかと》が二階の窓を蹴り破り、更《さら》に窓枠《まどわく》に着地して膝《ひざ》を屈《かが》める。

部屋の中には数人分の人影《ひとかげ》。両側の壁には立ち並ぶ翠《みどり》の宝石像。そして、部屋の奥にあった姿に、抑《おさ》えていた殺意は一気に燃え上がった。

「『生魔《せいま》』」

歩法――跳襲《ちょうしゅう》。

そのまま、窓枠を蹴って跳躍、軌道《きどう》上にいた悪魔の首を斬り飛ばしながらその先のヴェルンリードへと刃《やいば》を振るう。振り下ろしたその一撃は、ヴェルンリードの掲《かか》げた腕《うで》に発生した魔法障壁《まほうしょうへき》に受け止められつつもそれを斬り裂《さ》き、奴の掌《てのひら》に浅く傷を付けていた。

「っ、貴様は――」

「《練命剣》――【命輝《めいき》一陣《いちじん》】ッ！」

着地と共に刃を反転、しかし奴は今の衝撃で若干後方に下がっており、そのままでは刃が届かない。仕方なしに放った生命力の刃は、仰《の》け反《ぞ》っていたヴェルンリードの腹部に直《ちょく》撃《げき》し、その体を後方へと吹き飛ばしていた。そのまま壁に激突《げきとつ》したヴェルンリードは、壁を破壊しつつ隣《となり》の部屋に突っ込んだようだ。

いきなりの事態に呆然としている他の悪魔を尻目《しりめ》に、俺はさっさと踵を返して来た道を逆戻《ぎやくもど》りする。取り出すのはセイランの従魔結晶。それを窓の外へと放り投げた俺はさっさと窓の外へ身を躍《おど》らせ――直後、俺の飛び出した窓を雷光《らいこう》が貫いた。

どうやら、奴は怒《いか》り心頭であるようだ。

「逃げるぞセイラン！」

「ケェエッ！」

現れたセイランは上から降ってきた俺を戸惑《とまど》うことなく受け止め、更に風を纏《まと》って降り注ぐ瓦礫《がれき》を弾《はじ》き飛ばす。そして勢い良く地を蹴り、すぐさま宙へと駆け上がる。ヴェルンリードが肩を怒《いか》らせて吹《ふ》き飛んだ窓から姿を現したのは、まさにその時だった。

「魔剣《まけん》使い、貴様ァッ！」

「くははははっ！　ご機嫌《きげん》が良さそうで何よりじゃねぇか、ヴェルンリード！」

勢いよく上空まで舞い上がることで奴の放った雷《かみなり》を回避《かいひ》しつつ、更に先へと向けて飛翔《ひしよう》する。目指すは街の外、アルトリウスたちが待機している場所だ。

連絡《れんらく》がなかった以上、あいつらはまだ同じ場所にいる筈《はず》。そこまで辿り着いたならば作戦開始だが――まずは、一つ仕込《しこ》んでおくこととしよう。

俺は小さく笑い、奴からは自らが陰になるようにしながら、上空へと向けてルミナの従魔結晶を全力で放り投げた。そしてそのまま、更にセイランを加速させる。

「貴様はあの街にいた筈です！」

「はっ、わざわざ会いに来てやったんだ、感謝して欲しいところだな！」

「おのれ……ッ！」

どうやら、不意打ちを食《く》らったおかげで怒り心頭の様子だ。

とはいえ、それはこちらの狙い通り。空を飛びながらこちらへと雷を乱射してくるヴェルンリードに、俺は密《ひそ》かに笑みを浮かべながらセイランを操《あやつ》る。

時折避《さ》け切れない魔法は《蒐魂剣》で斬り裂きつつ、先程《さきほど》消費したＨＰをポーションで回復しながら、更に先へ。

奴の視線は完全にこちらに釘付《くぎづ》けだ。もう少し時間があれば、俺が反撃《はんげき》を行わないことに違和感《いわかん》を覚えてもおかしくはないだろうが——生憎と、そこに至る前に目的地に到達したようだ。地上にはこちらを見上げる緋真《ひさな》たちの姿がある。であれば——

「《練命剣《れんめいけん》》——【命輝一陣】」

セイランを旋回《せんかい》させ、生命力の刃を放つ。ヴェルンリードは当然のように防ぐが、それで問題はない。今の攻撃の目的は、奴の足を止めることなのだから。

俺の攻撃に対しては神経質になっているのか、ヴェルンリードはしっかりと空中に静止して防御《ぼうぎょ》の魔法を展開する――それこそが、俺の狙いであると気づかずに。

「ルミナァッ！」

「光の槍《やり》よ、撃《う》ち貫《つらぬ》けッ！」

刹那《せつな》、上空より撃ち放たれた九本の光の槍が、ヴェルンリードへと一直線に空を貫く。

それに反応したヴェルンリードは即座《そくざ》に上方へと防壁《ぼうへき》を向けるが、そこに食い込んだ光の槍は、強固な防壁を貫こうと唸《うな》りを上げる。

ルミナは、初めから上空で準備を行っていたのだ。限界まで魔力を注《そそ》ぎ込まれたルミナの魔法は、ヴェルンリードとて無視できるものではない。奴にも容易く打ち消せるようなものではないが、流石《さすが》は伯爵《はくしゃく》級悪魔、ギリギリではあるが凌《しの》いでいやがるな。

この女は、ここで地面まで叩き落とさなくてはならない。だが、この魔法の余波の中ではセイランも近づけないだろう。危険だが、賭《か》けに出るしかないか――そう考えた、瞬間。

――鋭《するど》い風切り音と共に、ヴェルンリードの腕に矢が突《つ》き刺《さ》さった。

「な――!?」

虚《きょ》を突かれたように、ヴェルンリードが硬直《こうちょく》する。そしてそのほんの僅《わず》かな意識の空白によって、奴の展開していた防壁は綻《ほころ》び――ルミナの光の槍によって、貫かれていた。

第十一章　駆ける騎兵たち　その11

　ヴェルンリードの障壁《しょうへき》を貫いた光の槍は、そのまま奴を地面へと叩き付けるとともに消《しょう》滅《めつ》した。そしてその直後、全ての状況が動き始める。

　これは、千載一遇《せんざいいちぐう》のチャンスなのだ。奴が他の悪魔から切り離され、地に落ちた現状。これを座視する理由などない。

「ルミナ！」

「はい、お父様！」

　俺が頭上に手を掲げた瞬間、上から飛来したルミナが手を掴み、俺を空中へと連れ出す。その瞬間、待っていたと言わんばかりに、セイランは地上へと向けて急降下を開始した。

「ケエエエエエエエエエエエエッ！」

　セイランは風と雷を身に纏い、大きく振りかぶったその腕を、地面に叩き付けられたヴェルンリードへと振り下ろす。瞬間——衝撃《しょうげき》によって地面は陥没《かんぼつ》しながら砕け散り、同時に解放された暴風が砕けた地面を大きく巻き上げた。

しかし、セイランは油断なくその場から飛び離れ、直後に強大な魔力が解放される。それは、ずっと詠唱《えいしょう》しながら待ち構えていたスカーレッドだ。

「《コンセントレイト》、《スペルエンハンス》！　燃《も》え尽《つ》きろ、【フレイムピラー】ッ！」

セイランが退避《たいひ》したその場所に、巨大《きょだい》な炎《ほのお》の柱が立ち上る。とんでもない熱量を肌《はだ》で感じながらルミナと共に着地し、俺は即座に地面を蹴る。

スカーレッドの放った魔法の威力《いりょく》は、緋真とは比べ物にならぬほどのもの。流石は魔法特化のプレイヤーであると言えるだろう。だが――それでも、火柱の中から放たれるヴェルンリードの殺気には、一分の揺《ゆ》らぎもない。

「小癪《こしゃく》なァッ！」

事実、内部からは急速に魔力が膨《ふく》れ上がり、暴風と共に炎は弾け飛んでいた。

「――『生魔』」

故に、俺はその風の中へと足を踏み入れる。生命力で強化した《蒐魂剣《しゅうこんけん》》はヴェルンリードの纏う竜巻《たつまき》に食い込み、それを瞬《また》く間《ま》に掻《か》き消していた。

それと共に奴の脇腹《わきばら》へと一閃《いっせん》を加え、俺は即座にその場を離脱《りだつ》する。コイツの場合は一《いち》撃《げき》で殺し切れるような相手ではないし、間近で足を止めては他の連中の邪魔《じゃま》だ。

「《ハイブースト：ＳＴＲ》、《練闘気》、《破壊撃》――【フレイムスラスト】！」

「《戦意専心》、《スペルエンハンス》、【エンチャントアクア】――【ウォータースラスト】！」

ヴェルンリードを挟《はさ》み撃ちにするように駆けたのはディーンとデューラックだ。

ほとんど知らないスキルばかりであるが、火力を上げるスキルばかりのようだ。

魔導戦技による双撃は、二色の軌跡《きせき》を描《えが》きながらヴェルンリードへと突き刺さる。そして空中に残った軌跡は、一拍《ぱく》置いてその魔力《まりょく》を解放し、荒《あ》れ狂《くる》う破壊力《はかいりょく》を奴の身へと叩き付けた。

「が――」

「輝《かがや》きを示せ――『コールブランド』！」

だが、そこで手を緩《ゆる》めることはしない。

ヴェルンリードへと走りながら声を上げたのは、他でもないアルトリウスだ。アルトリウスの手にする白銀の剣は、その声と共に黄金に輝き始める。

アルトリウスの持つ成長武器、『聖剣《せいけん》コールブランド』。その解放効果は、全ステータスの向上とＨＰの持続回復だ。デメリットのない効果である分、強化の幅《はば》はそこまで大きくないようだが、それでも破格の効果であると言えるだろう。

「《練闘気》、《スペルエンハンス》、【エンチャントライト】――【ルミナススラスト】ッ！」

聖剣は眩《まばゆ》く輝き、先の二人と同じように空中に軌跡を残しながら叩き付けられる。その刃を受けたヴェルンリードは後方へと吹き飛ばされ——そこに、炎が揺らめく。

「《練闘気》、《スペルエンハンス》、《術理装填《そうてん》》【フレイムピラー】——【炎刃連突《えんじんれんとつ》】」

ヴェルンリードの背後へと回り込んだ緋真は、刃に炎を宿しながら魔導戦技《マギカ・テクニカ》を放つ。繰《く》り出した刺突《しとつ》の周りには、浮かび上がる六つの炎の棘《とげ》。それらは刺突に追い縋《すが》るようにヴェルンリードの体へと突き刺さり、その魔力を炸裂《さくれつ》させた。更に、【フレイムピラー】を装填していた効果により、突き刺した相手が炎の柱に包まれる。

緋真はすぐさま刃を抉《えぐ》るように捻《ひね》ってから抜《ぬ》き取り、後方へと跳躍して距離《きょり》を取る。炎の中に取り残されたヴェルンリードは、しかしそれに反撃することも無く沈黙《ちんもく》し、その場で身を焼かれ続けている。

この程度で死ぬような悪魔ではないだろう。だが、それでも今の攻撃でかなり多くのHPを削《けず》ることができた筈——

「なっ⁉」

「馬鹿な、何だそれは⁉」

緋真の驚愕《きょうがく》の声と、憤《いきどお》るようなディーンの言葉。無理も無いだろう。何故《なぜ》なら、今減らしたヴェルンリードのＨＰが勢いよく回復していったのだから。

スキルというにはあまりにも速すぎる回復速度に、思わず攻撃の手が止まる。俺が持つ自動回復のスキルよりも更に速い回復速度だ。だが、その要因はスキルではないだろう。

集中すれば分かる。膨大《ぼうだい》としか言えない量の魔力が、街からヴェルンリードへと注ぎ込まれているのだ。

『クオン、街の地面に突然《とつぜん》線が浮かび上がって、像が光り始めたんだけど』

『……こちらでも確認《かくにん》した。街に巨大な魔《ま》法陣《ほうじん》が敷《し》かれている』

「ッ……ヴェルンリード！　貴方は、石に変えた人々から魔力を搾《しぼ》り取っているのか⁉」

突如《とつじょ》として、アルトリウスが苦い表情で叫《さけ》び声を上げる。

アルトリウスも高玉からの報告を聞いたのだろう。その情報を元に判断を下した彼《かれ》は、糾弾《きゅうだん》するかのようにヴェルンリードに問いかけた。対しその悪魔当人は、収まりゆく炎の中心で、冷酷《れいこく》な表情を浮かべて声を上げる。

「当然でしょう。ただリソースを奪《うば》うだけなど資源の無駄遣《むだづか》いですから。それに彼らも、わたくしの糧《かて》になれることを光栄に思っていることでしょう」

「……ッ！」

胸裏《きょうり》で燻《くすぶ》っていた憤怒《ふんど》が燃え上がり、臓腑《ぞうふ》を焦《こ》がすような錯覚《さっかく》を覚える。

ああ、やはり悪魔共はこういう生き物であるということなのだろう。こいつらは、人の意志を、尊厳を踏みにじる存在だ。かつて俺たちが護《まも》ろうとしたものを、この女は――

「少しいいかな、クオン殿《どの》」

「っ……何の用だ」

餓狼丸《がろうまる》を解放し、奴の回復よりも早く首を斬《き》り落とすため踏み込もうとした瞬間《しゅんかん》、背後から小さく声がかかる。それは、あの怪《あや》しげな笑みを浮かべる魔法使《まほうつか》いの少女、マリンであった。彼女《かのじょ》は俺の背中に隠れるようにしながら、小声で声を上げる。

「まずは、僕をパーティに加えて欲しい。詳しい話はパーティチャットで行うよ」

言いつつ、マリンはこちらへとパーティ参加の申請を飛ばしてくる。何をしたいのかは分からんが、どうやら何かしらの考えがあるらしい。怪しくはあるが、とりあえずパーティに加えるぐらいなら問題はないだろう。

元々、潜入《せんにゅう》の為《ため》にアリスと高玉、後はルミナとセイランがパーティに加わっている状態であるため、一人分は空きがある。ヴェルンリードに対する警戒は絶やさぬようにしながらマリンをパーティに加えれば、彼女はさっそくパーティ全体へのチャットを開始した。

『高玉君とアリシェラ君、聞こえるかな？　こちら、マリンだよ』

『……参謀《さんぼう》か、何の用だ』

こいつ、どうやらアルトリウスの参謀だったらしい。副官らしい仕事はKがやっていたが、どうやらこいつが側近の一人であるという予想は間違っていなかったようだ。

『あまり時間がない、端的《たんてき》に話そう。現在、ヴェルンリードは宝石化した人々から魔力を搾り取り、ＨＰを急速に回復させている』

『ちょっと、それって拙《まず》いんじゃないの？　宝石化してる人たちが魔力を吸い尽くされたらどうなるのよ？』

『死ぬ可能性が高いね。救助対象である以上、今強引《ごういん》に攻《せ》めるのは得策ではない』

最後の言葉は俺に対するものでもあったのだろう。腹立たしくはあるが、その言葉は紛れもない正論だ。だが、それならばどうやって現状を打破するというのか。

ヴェルンリードは体力を全回復しつつあるが、その条件があるため、こちらも攻撃に出ることができない。手を拱《こまね》いて見ている状況《じょうきょう》だが、マリンは淀《よど》みなく言葉を重ねる。

『高玉君、魔法陣が見えていると言ったね？』

『……ああ、かなり巨大だ。街を覆い尽くす程《ほど》だな』

『であれば、この魔力の吸収は、スキルではなく魔法によるものだろう。どのような魔法なのかは気になるけれど、それは置いておくよ。とにかく重要なのは、これが魔法であること。そして――』

『魔法ならば破壊できる、ってこと？』

『その通りだよ、アリシェラ君』

その言葉に、俺《おれ》は思わず息を飲む。

《蒐魂剣》ならば、確かに魔法を斬り裂くことが可能だ。スキルは壊《こわ》せずとも、魔法であれば壊すことができる。しかし――

『クオンをここまで連れてくるつもり？　正直、クオンなしで伯爵級を抑えるのは無理でしょう』

『そうだね。クオン殿をそちらに行かせるわけにはいかない。だから――高玉君、君にお願いするよ』

『……《スペルブレイク》か。だが、あのスキルで魔法陣を破壊するには、核《かく》となっている場所を探す必要があるぞ？』

『それは《看破》のスキルがあればいい。アリシェラ君、君は持っているね？』

『……ええ、使えるけれど。でも、それは私が直接見ないと無理よ』

『知っているとも。そして今は移動の時間も惜《お》しい。だから――ひとつ、僕の魔法を見せるとしよう』

そう口にして――マリンは、捻《ね》じれた杖《つえ》を掲げながら不敵な笑みを浮かべてみせた。

＊＊＊＊＊

己《おのれ》の視界に己のものではないスキルの情報が浮かび上がる光景に、高玉は視線を細める。

街で最も高い建物である鐘撞台、その屋根の上に立った高玉は、視界に浮かび上がる《看破》のスキルの情報を読み取り、細く息を吐《は》き出した。

マリンの持つレアスキル——とある悪魔《あくま》を倒《たお》した際に手に入れたスキルオーブ、《幻惑《げんわく》魔法《まほう》》。その魔法の一つである【シェアーサイト】によって、現在高玉とアリシェラは視覚情報を共有している状態にある。

《看破》のスキルによって浮かび上がった魔法陣の核は、街の四か所に点在している。大きさは三メートル程度の円だ。建物が破壊《はかい》されているため射線は通っているが、この位置から狙うにはかなり遠いだろう。

——その困難さを理解して、高玉は覆面《ふくめん》の下で笑みを浮かべる。

「……成程《なるほど》、確かに。こいつは僕向きの仕事だ」

その手に掲げ、ゆっくりと構えるのは、高玉の保有するレア武器『竜穿弓《りゅうせんきゅう》』だ。成長武器とは異なり、経験値を溜《た》め込む性質こそないが、特殊《とくしゅ》なスキルや強化方法を持つ珍《めずら》しい装備である。この竜穿弓は非常に大型の弓であり、放つ矢も専用に作成しなくてはならない。引くにも高いSTRを要求されるため、威力は高いながらも扱《あつか》いの難しい逸品《いっぴん》である。

しかし、高玉はこの装備を愛用し、そのためにステータスを育て上げているのだ。弓に矢を番《つが》え、ゆっくりと引き絞《しぼ》りながら、高玉は静かにスキルを発動する。

「《心眼》、《ハイブースト：DEX》、《スペルブレイク》」

《スペルブレイク》は《蒐魂剣》と異なり、破壊した魔法の魔力を吸収するような効果はない。また、射撃攻撃《しゃげきこうげき》にしか付与《ふよ》することはできず、基本的には防御魔法《ぼうぎょまほう》や魔法陣の破壊にのみ使用される。

高玉の場合、あらかじめ準備しておくことで相手の攻撃魔法《こうげきまほう》にも対応することが可能だ。その腕を使い、魔法の迎撃《げいげき》に専念したこともある。

「それに比べれば、動かない的など容易いものだ——【エアロスナイプ】」

《スペルブレイク》を発動し、蒼《あお》い光を纏っていた矢が、その上から緑の魔力に塗《ぬ》り潰される。風属性の魔導戦技《マギカ・テクニカ》——その効果は、矢の飛距離《ひきょり》と威力を延《の》ばす程度のものでしかない。

だが、彼にとってはそれだけで十分だった。矢が届く場所であるならば——

「——確実に射抜《いぬ》いて見せる」

——その呟《つぶや》きと共に、高玉は矢を撃ち放った。

第十二章　駆ける騎兵たち　その12

「砕け散りなさい！」

「《蒐魂剣》！」

　空を裂く雷光が、強大な破壊力を伴って放たれる。魔法陣によって幾《いく》条にも増えたその魔法は、俺たち全員を狙《ねら》って虚空《こくう》を駆ける。

　飛来した魔法を《蒐魂剣》で斬り裂きながら、俺は思わず舌打ちを零《こぼ》した。

（チッ……拙いな、ジリ貧《ひん》だ）

　ヴェルンリードの魔法は強力だ。マリンによって全員に防御魔法が張り巡《めぐ》らされているが、それも焼け石に水にしかなっていない。だが生憎と奴《やつ》に対して有効なダメージを与《あた》えられない――いや、そもそもまともな攻撃もできないのが現状だ。

　吹き荒れる風を《蒐魂剣》で散らし、飛来した雷を回避しながら、俺はただひたすらに状況を観察し続ける。

　俺と緋真は問題はない。セイランは持ち前の機動力で何とかなっているし、その隙《すき》はルミナが埋《う》める形で対処している。アルトリウスやデューラックも自前の魔法で何とかしており、多少被弾《ひだん》しているディーンたちも未《いま》だ健在だ。

だが──それでも、少しずつ削られていることは否定できない。

斬法──剛《ごう》の型、鐘楼《しょうろう》。

ヴェルンリードが放った雷を《蒐魂剣》で斬り裂きながら接近する。この女がノータイムで放ってくる程度の魔法であれば、《魔技共演》を交えない《蒐魂剣》でも十分に斬り裂くことができるようだ。

接近と共に振り下ろした刃に再び《蒐魂剣》を付与し、奴の纏っていた障壁を斬り裂く。だが、奴自身に攻撃をすることはできない。回復のために魔力を使われ、それによって宝石にされた住民たちに被害《ひがい》を出すわけにはいかないのだ。

厄介《やっかい》ではあるが、ここは時間稼《かせ》ぎに徹《てっ》する他ない。

「《斬魔の剣》！」

「っ……魔剣使いならいざ知らず、その程度のスキルでわたくしの魔法を斬れるとは思わないことです！」

俺に合わせる形で背後からヴェルンリードに迫《せま》った緋真であるが、流石に覚えたばかりの《斬魔の剣》ではヴェルンリードの魔法を斬ることはできない。尤《もっと》も、緋真もそれは承知の上なのだろう。どちらかと言えば、それは単なる挑発行為《ちょうはつこうい》であり、奴の意識を逸《そ》らすための行動でしかないのだ。

実際、ヴェルンリードは苛立《いらだ》ち交じりに緋真へと向けて風の刃を放ち、それを読んでいた緋真はあっさりと回避して距離を取る。

それに合わせる形で接近した俺は、ヴェルンリードの肩《かた》に手を添《そ》えた。

打法――流転《るてん》。

「な――⁉」

足を払《はら》い、くるりと相手の体を回転させて地面へと叩き付ける。頭から叩きつければ多少はダメージになるだろうが、背中から落としたため精々呼吸を乱す程度の効果しかないだろう。だが、今はそれでいい。必要なのは時間稼ぎだけだ。

現状、ヴェルンリードの魔法に対処できるのは三人のみ。魔法を斬れる俺と、挑発《ちょうはつ》して行動を誘発《ゆうはつ》させられる緋真、そして直撃を受けても耐《た》えられるディーンだけだ。

その内、ディーンは魔法を行使しているマリンを護る必要がある。必然的に、まともに動けるのは俺と緋真だけであるということだ。だが――

「緋真！」

「はい、先生！」

俺の声掛《が》けに従って、緋真は俺と同じタイミングで後方に跳躍する。

瞬間、ヴェルンリードの身を囲むように竜巻が発生した。これに巻き込まれると、大きく吹き飛ばされることになってしまうだろう。

だが、これを放置すれば奴は空中に浮《う》かび上がろうとするはずだ。二度も地面に叩き落とすことは避けたいため、この魔法もさっさと破壊することとしよう。

「《蒐魂剣》」

暴風の中で立ち上がるヴェルンリードの姿を捉《とら》えつつ、横薙《よこな》ぎに振るった刃が竜巻を霧《む》散《さん》させる。《蒐魂剣》の発動にはMPを使用するが、今は吸収する魔力の量が多いため、俺のMPは全く減っていない。

防御に専念しているため、こちらも攻撃ができない代わりに、あまりダメージも受けていない。千日手ではあるが、時間を稼ぐことには成功している。問題は――これがいつまでかかるのかということだ。

今のところ、街の中からの増援《ぞうえん》はここまで届いてはいないが、それも時間の問題だろう。アリスや高玉がある程度は潰《つぶ》したのであろうが、今はあの二人も動けない。いつまでも手を拱《こまね》いていれば、こちらは数で潰されかねないのだ。

消え去った竜巻の向こうから、体勢を立て直したヴェルンリードが手を掲げる。回避のために体を傾《かたむ》け――その寸前、横合いから飛来した氷の魔法がヴェルンリードの手を弾《はじ》く。

それによって逸れた魔法が地を穿《うが》ち、土煙《つちけむり》を上げる。巻き込まれかけた幾人《いくにん》かが体を投げ出して避ける中、それを横目に見ながら、俺は更に奴へと接近した。

打法――影仰《かげあおぎ》。

「がっ⁉」

奴の懐《ふところ》に潜《もぐ》り込みながら、掌底《しょうてい》にてヴェルンリードの顎《あご》を打ち上げる。詠唱を強制的に途切《とぎ》れさせ、脳を揺らす一撃だが、生憎とそれで気絶するほどかわいらしい生態はしていないようだ。僅かに仰け反ったこの怪物《かいぶつ》に、俺は更に肉薄《にくはく》して肩を押し当てる。

打法――破山《はざん》。

地を踏《ふ》みしめた衝撃が、肩からヴェルンリードの体へと叩き付けられる。その衝撃によって後方へと吹き飛んだヴェルンリードを待ち受けるのは、手を前方へと構えた緋真だ。

ヴェルンリードの体を受け止めた緋真は、その勢いを利用して、背負い投げの形で地面へと叩き付けた。

「――《スペルエンハンス》【アイシクルピラー】！」

瞬間、地面から伸び上がった氷が、ヴェルンリードの体を捕《と》らえて封《ふう》じ込める。どうやら、スカーレッドの使った氷の魔法であるようだ。体を氷に封じ込められてはいるが、奴の魔力は未だ健在。程なくして出てくることだろう。

「アルトリウス、他の悪魔は⁉」

「まだ来ていません！　しかし――」

びしり、と音が響《ひび》く。

案の定、ヴェルンリードは氷の柱を砕き、外に出ようと魔力を昂《たかぶ》らせ――それが砕け散る瞬間、ミリエスタの街から巨大な音が響き渡った。それは、まるでガラスが砕け散るかのような音。

その音に、その場にいた全員が驚《おどろ》く――それこそ、氷の中から這《は》い出してきたヴェルンリードすらも。

「……そんな、馬鹿な。どうやって……何をしたのですか⁉」

ヴェルンリードの慌《あわ》てた様子を見て、理解する。どうやら、アリスたちが見事に仕事を成《な》し遂《と》げたようだ。そんな俺たちの耳に、若干焦《じゃっかんあせ》った様子の高玉の声が届く。

『団長、クオン殿。仕事は果たしたが、こちらに悪魔が殺到《さっとう》してきている。悪いが、一足先にベルゲンに戻《もど》らせて貰《もら》う』

『こちらも同じく。二人で五体は爵位《しゃくい》持ちを仕留めたし、大目に見てよね』

「ありがとうございます、よくやってくれました！」

「ああ、これでようやくだ」

どうやら、二人は先にスクロールで離脱するようだ。隠密《おんみつ》特化のあの二人では、多数の悪魔を同時に相手にすることはできない。ここは素直《すなお》に帰還《きかん》して貰うとしよう。

氷を粉砕《ふんさい》しつつも呆然《ぼうぜん》とした様子のヴェルンリードは、しばし絶句したままミリエスタの街を見つめていた。

何にせよ、これで攻めることができる。アリスたちがいなくなった以上、街中の悪魔共もこちらに殺到してくる可能性は高いが――それまでにこの女を斬る。

「回復できるからと舐《な》めた真似《まね》をしているからだ。今度こそテメェを斬る」

「……斬る？　この、わたくしを？」

「人質《ひとじち》まで取ってこのザマだ。今更覚悟《いまさらかくご》がねぇとは言わせんぞ」

呆然と目を見開いていたヴェルンリードへと一歩足を踏み出し、餓狼丸を解放して――

刹那、背筋が粟立《あわだ》つ気配を感じた。思わず咄嗟《とっさ》に距離を取り、蜻蛉《かげろう》の構えに構えていた太刀《たち》を正眼に戻す。

何だ、これは。この妙《みょう》な圧迫感《あっぱく》は一体何だ。この女、一体何をしようとしている？

普段《ふだん》ならば強引に叩き斬るところであるが、この魔力の集中は尋常《じんじょう》ではない。まるで爆《ばく》発《はつ》する寸前の爆弾《ばくだん》だ。安易に手を出すことが躊躇《ためら》われるほどの圧迫感に、距離を取って警戒《かい》する。

顔を俯《うつむ》かせたヴェルンリードは、ゆっくりと俺たちの方へと振り返る。その尋常ではない雰囲気《ふんいき》に、全員が警戒《けいかい》して距離を取る中、ヴェルンリードはゆっくりと声を上げる。

「はぁ……もういいです。最初からやり直すとしましょうか」

「……何をするつもりだ」

「決まっているでしょう——蹂躙《じゅうりん》ですよ」

刹那——背筋が凍《こお》り付くほどの圧倒的《あっとうてき》な魔力が、ヴェルンリードの身より放たれた。

その体から溢《あふ》れ出る翠の魔力。それはヴェルンリードの全身を包み込《こ》み、ゆっくりと巨《きょ》大化《だいか》していく。人間ほどの大きさであったはずの体は、四《よ》つん這《ば》いになりながら見上げるほどの巨体《きょたい》へ。高さだけで五メートルはあるかというほどの巨体。その姿は——

「ど……ドラゴン？」

「これが……本当の姿だとでも、言うつもりか」

翠色の鱗《うろこ》に身を包んだ、巨大なトカゲ。より深く、輝くような色の瞳《ひとみ》は三つ。先ほどまでの姿とは似ても似つかぬ、紛《まぎ》れもない怪物としての姿。

『これこそが《化身解放《メタモルフォーゼ》》……伯爵級以上の悪魔が持つ、我ら本来の姿を解放する力。他の悪魔共に頼《たよ》ることはもう止めにするとしましょう——わたくし自身の手で、貴様たちを滅《ほろ》ぼすこととします』

理解する。理解できてしまう。これは桁《けた》が違《ちが》う。この女は、この悪魔は、これまでの悪魔とは比べ物にならないほどの怪物であると。

瞬間、ヴェルンリードの額にある三つ目の瞳が翠に輝き――

「――【ミラージュ】」

俺たちの脇《わき》を、翠の光線が薙《な》ぎ払った。それが通り過ぎた瞬間、その地面が翠色の宝石――エメラルドへと姿を変える。その様を目撃《もくげき》して理解した。あの宝石像を作り上げた仕組みは、この能力なのだろう。

だが、今なぜ攻撃《こうげき》を外したのか――その答えを示すかのように、これまでの軽薄《けいはく》さを消したマリンが叫び声を上げる。

「二度は外してくれないぞ、アルトリウス！」

「撤退《てったい》だ！　クオンさん、すぐに！」

「ッ――セイラン！」

どうやら、今の攻撃を逸らしたのはマリンであるらしい。先ほど言っていた幻術《げんじゅつ》とやらか――そう考えた瞬間、アルトリウスが瞬時《しゅんじ》に撤退を判断した。

確かに、この化け物を短時間で殺し切ることは難しい。そうなれば、街から増援の悪魔

が現れるのは間違《まちが》いないだろう。この怪物だけならばまだしも、多数の悪魔を相手にする余裕《よゆう》などない。

だが、スクロールを取り出している余裕もない。俺はすぐさま呼び寄せたセイランの背に跳《と》び乗って空へと駆《か》け上った。他の面々もペガサスで撤退を開始したことを確認して、俺はアルトリウスへと声を掛ける。

「おい、アルトリウス。あれをどうするつもりだ？」

「ここで戦うことは不可能です。だから、ベルゲンまで撤退します……空を飛んで、ですけどね」

眼下では、こちらを見上げるヴェルンリードが翼《つばさ》を羽ばたかせ始めている。どうやら、空を飛んでこちらを追跡《ついせき》するつもりであるらしい。

こちらを逃《に》がすつもりはないということか。

「スクロールを使えば一気に帰還できるだろう？」

「ですが、それではヴェルンリードが追ってこない可能性がある。ここでこの悪魔は仕留めます。だから——イベントに参加しているプレイヤー全てを巻き込むんです」

どうやら、アルトリウスはこいつをベルゲンまで誘《さそ》い出すつもりのようだ。

しかしそうなると——

「コイツをケツに引き連れていくのか?」

「やるしかありませんよ。それに、クオンさんもそのつもりでしょう?」

アルトリウスの言葉に、俺は思わず口角を吊《つ》り上げる。まったく、コイツもよく俺のことを理解しているものだ。

「了解《りょうかい》だ。やってやろうじゃねぇか」

嵐《あらし》を纏って飛び上がるヴェルンリードを視界に捉えながら、南へと向けて一気に駆ける。

さて、果たしてどちらが勝つか——ここからが正念場だ。

第十三章　駆ける騎兵たち　その13

　空間を斬り裂《さ》く翠《みどり》の光。薙ぎ払うように閃《ひらめ》くそれを不規則に飛び回って回避《かいひ》しながら、以前に通ってきた道を戻ってゆく。

　ヴェルンリード――ドラゴンの姿へと変貌《へんぼう》したあの悪魔は、額にある第三の瞳から幾度《いくど》も光線を放ってきている。今のところ命中してはいないが、あれの直撃《ちょくげき》を受ければ、恐《おそ》らくミリエスタにあった宝石像と同じように変えられてしまうだろう。この空中で宝石に変えられてしまえば、地上まで落下して砕《くだ》け散ることとなる。

　まあ、奴の魔法《まほう》が直撃すればどちらにしろ即死《そくし》であろうし、危険度はあまり変わっていないのだが。

「マリン、解析《かいせき》はできたかい⁉」

「はいはい、おおよそのところは分かったよ――っと！　やっぱりあれ、呪《のろ》いの属性だね」

「ってことは、【アンチカース】で解除可能かな？」

「できるだろうけど、一瞬《いっしゅん》で解除することは不可能だろうね……っとっとっと！　危ないなぁ！」

時折接近しながら言葉を交《か》わしているアルトリウスとマリンであるが、その言葉の意味はあまり良く分からない。どうやら、あのヴェルンリードの光線を解析しているようだが……今のうちに少しでも情報を集めておくつもりだろうか。

又聞《またぎ》きではあるが、一応解除の目途《めど》は立っているらしい。しかし、正直なところ今そんな余裕はないだろう。

「《蒐魂剣》……！」

セイランを操《あやつ》り、紙一重で回避しながら《蒐魂剣》を纏《まと》う刃《やいば》を振《ふ》るう。ヴェルンリードの放ってきた閃光《せんこう》は、俺の一閃に触《ふ》れた途端《とたん》に霧散して消滅した。

やはり、これも魔法の一種ではあるらしい。だが、正直なところかなりスピードがあるため、これを斬るのは苦労しそうだ。刃には影響《えいきょう》がないとはいえ、正面から相対したい能力ではない。幸い、あまり連発できる能力ではないようだが……とにかく、奴の瞳に魔力が集中した時には注意しなければ。

「あれ……やっぱり、バジリスクですかね」

「何だそりゃ？」

飛び交う風の刃を炎の魔法で迎撃した緋真《ひさな》は、その煙《けむり》の陰《かげ》に隠《かく》れながら俺の傍《そば》まで接近してくる。時折奴に向かって魔法を放ってはいるが、あまり大きなダメージにはなっていないようだ。

そんな弟子《でし》の口にした言葉に、俺は意識だけ傾けながらそう問い返す。対し、返ってきたのは緊張《きんちょう》の混じった硬い声音《こわね》だ。

「ファンタジーの話ですけど……バジリスクっていうのは、生き物を石化させる瞳を持った毒トカゲです。あの悪魔は、それをモチーフにしているんじゃないかと」

「なら、あれはさしずめエメラルドバジリスクってか。そのバジリスクとやらに弱点はないのか？」

「鏡を向けて反射すると、逆に石化するとか言いますけど、それを試《ため》すのは怖《こわ》いですね」

「視線と言っても、光線だからな――《蒐魂剣》！」

再び襲《おそ》い掛かってきた翠の光線を斬り裂き、舌打ちする。どうやら、あの悪魔は相変わらず、俺のことを文字通り目の敵にしているようだ。

あの姿に変じてから、奴の魔法攻撃力《まほうこうげきりょく》は増している。光線に加えて《嵐魔法《あらしまほう》》も使ってくるし、全くと言っていいほど気を抜ける状況ではない。

だが、一方である程度は狙い通りの状況であると言える。全速力で南へと向かう俺たちに、ヴェルンリードはぴったりとくっついて攻撃を放ってきている。そのスピードは他の悪魔が付いて来られるものではなく、奴は完全に孤立《こりつ》している状態だ。

今この場で反転して勝負を挑《いど》むというのも無くはないが――いや、万全《ばんぜん》を期すためには、やはりアルトリウスの策に乗るべきだろう。この女の存在を認めるわけにはいかない。確実に消さなければ。

『おのれ……おのれ、魔剣《まけん》使い……！』

「おいおい、大人気だな」

荒れ狂う風がこちらを捉えようと逆巻くが、同じく風を纏ったセイランは大きく翼を羽ばたかせて相手の魔法から逃《のが》れる。

あの姿になってからというもの、奴は随分《ずいぶん》と獰猛《どうもう》になったように思える。いや、より本能的に動くようになったと言うべきか。人の姿をしていた時のような取り繕《つくろ》ったイメージはなく、ただ怒《いか》りのままに暴れている印象だ。

（しかし……！）

俺が多くの標的となり、攻撃に対処しているからこそ何とかなっている。だが、他の連中ではこうはいかないだろう。

ペガサスの機動力は高いが、それでもセイランほどではない。緋真のように、あらかじめ相手の動きを読んだ上で回避行動を取らなければ間に合わないだろう。その上で――

『ガアアアアッ！』

「チッ、『生魔《せいま》』！」

まるでブレスのように放たれた雷撃《らいげき》へと、《練命剣《れんめいけん》》で威力《いりょく》を底上げした《蒐魂剣《しゅうこんけん》》を振り下ろす。あの光線と風の魔法については《魔技共演》を使う必要はないが、こちらは話が別だ。威力を底上げしなければ消し切れない上に、それでもなお若干《じゃっかん》のダメージを受けてしまう。

ルミナに回復魔法を掛けて貰いつつ、俺は注意深く奴の動向を観察した。

雷《かみなり》の魔法については、放つ時に若干動きが鈍《にぶ》る。それのお陰で距離は開けられるのだが、あの威力を相手にする方が面倒《めんどう》だ。

「ツ……アルトリウス、ベルゲンの状況は！」

「連絡《れんらく》は入れてあります！　現在準備中です！」

「集まってはいるんだな！」

であれば、後は俺たちが無事に辿《たど》り着くだけだ。

アルトリウスからの通信に加え、先に戻った高玉やアリスが動いているはずだ。『キャメロット』の連中だけではなく、エレノアたちもいる。対策は十分に取れているだろう。

若干距離《じゃっかんきょり》の開いたヴェルンリードへ、ペガサスを旋回《せんかい》させたスカーレッドがその杖を向ける。

「《スペルエンハンス》、【フリーズボルテクス】！」

その宣言と共に、ヴェルンリードを中心とした雪風の渦《うず》が発生した。

ボルテクスというのは杖の魔導戦技《マギカ・テクニカ》であり、相手を中心とした渦を発生させる効果を持つんだったか。あの渦は相手の行動を阻害《そがい》する効果もあり、ヴェルンリードの足止めにはちょうどいい効果だろう。だが、やはりその程度では、あの怪物を抑《おさ》えるには至らないらしい。

『無駄《むだ》だッ！』

ヴェルンリードは翼を打ち、巨大《きょだい》な暴風を発生させる。その瞬間、渦を巻いていた冷気は、まるで内側から引き裂かれるかのように霧散した。魔《ま》法攻撃《ほうこうげき》に長《た》けたスカーレッドですら、あの悪魔の動きを止めるには至らないということか。

容易《たやす》く氷の渦を引き裂いたヴェルンリードは、殺気に満ちた視線でこちらを――否、スカーレッドを睥睨《へいげい》する。

「まず――ッ！」

「スカーレッドさん！」

瞬間、翠の閃光が空を貫《つらぬ》き――それを遮《さえぎ》るかのように、光の障壁《しょうへき》が現れる。マリンが展開した防御魔法だが、ヴェルンリードの光線は容易くそれを貫き、スカーレッドへと殺到する。彼女は、そのほんの僅《わず》かな時間で回避行動を取り――翠の光は、彼女の騎乗《きじよう》するペガサスの翼を貫いた。

翼の先が宝石へと変化し、ペガサスの高度はがくりと下がる。辛《かろ》うじて飛んではいるが、高速で空を駆けることは不可能――それを理解して、スカーレッドは己が杖の先をヴェルンリードへと向けた。

「行って下さい、アルトリウス様！　せめて一矢《いつし》報《むく》います！」

「っ、ダメだ、スクロールで退避《たいひ》を！」

「いいえ……逃げ帰《かえ》るなど、私のプライドが許さない！　《高位魔法陣《まほうじん》》！」

決意の声と共に、スカーレッドの周囲に複数の魔法陣が現れる。ルミナも使っている《魔法陣》のスキルの上位版であるようだ。六つの魔法陣を背負ったスカーレッドは、可能な限りの速さで後退しながらも、その魔法陣へ魔法を装填《そうてん》する。

「《遅延魔法《ちえんまほう》》、解放！　《スペルエンハンス》！　私だって『キャメロット』部隊長の一人……レアスキルの一つぐらい持っている！」

スカーレッドがそう叫ぶと共に、彼女の周囲に浮かぶ魔法陣の色が変化する。それは、赤と青が複雑に交じり合った魔法陣。今まで使っていた炎《ほのお》や氷とも異なる、交じり合ったような代物《しろもの》だ。あれは――

「まさか、《熱魔法》ですか⁉」

「それだけじゃない！　《魔導収束》ッ！」

聞き覚えの無いスキル。スカーレッドがそれを宣言した瞬間、彼女が背負っていた魔法陣は渦を巻くように集まり、一つの巨大な魔法陣へと変化した。

それを目にして、ヴェルンリードが動きを止める。魔力《まりょく》を滾《たぎ》らせ、大口を開き――その前に出現したのは、巨大な紫色《むらさきいろ》の魔法陣。奴の膨大《ぼうだい》な魔力を注《そそ》ぎ込まれた魔法陣は眩《まばゆ》く輝《かがや》き、強力な《嵐魔法》が発現する。

雷を伴《ともな》う暴風は、スカーレッドへと瞬《またた》く間《ま》に殺到し――

「――【ヒートレーザー】ッ！」

一切《いっさい》の回避行動を取ることなく、スカーレッドはその魔法を発動した。

薄《うす》い緋色《ひいろ》の閃光は、迫りくる嵐の中を一直線に貫き――その向こう側にあった魔法陣を僅かに逸れ、ヴェルンリードの翼を貫いた。

『ガ……ッ⁉』

翼に大穴を開けられたヴェルンリードは苦悶《くもん》の声を上げる。それと同時、スカーレッドは嵐の魔法に飲《の》み込まれ、そのＨＰごと姿を消失させた。

あのタイミングではスクロールの発動は間に合わなかっただろう。彼女《かのじょ》は宣言通り、己の命と引き換《か》えに、ヴェルンリードの機動力を削《そ》いで見せたのだ。

「見事……！　アルトリウス！」

「分かっています！」

部隊に被害を出したくなかったアルトリウスからすれば、痛恨《つうこん》の極《きわ》みだろう。だがそれでも、アルトリウスは動きを止めることなく指示を出し続けている。それが、何よりもスカーレッドの望みであると理解しているが故に。

ヴェルンリードが動きを止めている内に更《さら》にこちらは加速し、尚且《なおか》つ奴がこちらを見失わない程度に距離《きょり》を保つ。この距離ならば、奴が魔法を放ってきたところで対処は容易い。

『待て、魔剣使い……ッ！』

どうやら、向こうはまだまだやる気満々であるらしい。翼が傷ついたため、ある程度動きは鈍っているが、それでもその殺意だけは鈍る気配もなくこちらへと向けられている。

ヴェルンリードは、セイランと同じように体に嵐を纏いながら、一直線にこちらへの追走を再開した。空を駆ける巨大な悪魔は、風と雷を撒《ま》き散らしながらこちらへの接近を続ける。

だが、奴は気づいていないだろう。既《すで》に、ベルゲンの影が視界に入り始めていることに。

街そのものに被害を出すわけにはいかない。決戦の場となるのは、その手前にあるこの平原だ。

「セイラン、そろそろだ。覚悟《かくご》を決めろ」

「クェ」

俺の言葉に、セイランは躊躇う様子もなく頷《うなず》く。その泰然《たいぜん》とした態度に思わず笑《え》みを零しつつ、俺は地上へと視線を向けた。

ヴェルンリードを落とす場所は街の直前。街中に侵入《しんにゅう》はさせず、街からの支援《しえん》が届く距離。俺は街との距離を見計らいつつ、徐々《じょじょ》にセイランの速度を落としていく。

――そして、目標地点に辿り着く直前に、俺は鋭《するど》く叫《さけ》んだ。

「セイラン、上がれ！」

「ケェッ！」

俺の言葉に従い、セイランは勢いよく上昇《じょうしょう》する。渦を巻く風を発生させ、その回転に乗るようにしながら、素早《すばや》く上空へと。

俺が動きを変えたのを見て、ヴェルンリードもまたこちらを追い始める。瞳から放つ光線は、素早く旋回するセイランを捉え切れずに空を切り、風の中に輝きを残すのみだ。

「『生魔』……ッ！」

——そして、風は唐突《とうとつ》に姿を消す。

上昇気流を消し去ったセイランは、そのまま頭を下へと向け、垂直落下を開始する。

俺《おれ》は手綱《たづな》から手を離《はな》し、両の手で餓狼丸《がろうまる》を構え——ヴェルンリードへと一気に振り下ろした。奴の瞳から放たれた光、そして奴が纏う嵐。俺へと向けて殺到してくるそれらの魔法を、交錯《こうさく》しながら一気に斬《き》り裂く。

瞬間《しゅんかん》、奴の纏っていた嵐は消え去り——

「今だッ！」

——ベルゲンの街から、無数の攻撃がヴェルンリードへと向けて殺到した。

街から飛来した遠距離《えんきょり》用の矢、魔法、そして恐らくはエレノアたちが用意したであろうバリスタ。それらは嵐の護《まも》りを失ったヴェルンリードへと殺到し、その身を叩《たた》いてゆく。距離があるため強靭《きょうじん》な鱗を貫くには至っていないが、それでも多少のダメージは与えられているようだ。特に、穴を開けられた翼に対してはそれなりにダメージが通っているようであり、ヴェルンリードは空中でぐらりとバランスを崩《くず》す。

「セイラン！」

「クエエ！」

それを確認《かくにん》し、俺は即座《そくざ》にセイランへと上昇を命じる。ヴェルンリードは俺のことを視線で追いつつも、こちらに対して攻撃を行う余裕はないようだ。

俺はプレイヤーたちの攻撃に巻き込まれないようにしながら上昇し、刃を振るう。

「《練命剣》――【命輝閃《めいきせん》】！」

『ガアアアアッ⁉』

狙うのはもう一方の翼。流石《さすが》に一撃《いちげき》で翼を破壊《はかい》するには至らないが、それでもヴェルンリードはぐらりとバランスを崩した。そのままヴェルンリードの背後を上昇したセイランは、奴の頭上で宙返りしつつ風を纏って、その頭へと強靭な前足を叩きつける。

純粋《じゅんすい》な攻撃力《こうげきりょく》についてはトップクラスのセイランの一撃に、ヴェルンリードの体はぐらりと揺《ゆ》れ――その瞬間、巨大な翼に太い矢と、バリスタから放たれた槍《やり》が突《つ》き刺《さ》さった。その衝撃《しょうげき》で完全に体勢を崩したヴェルンリードは、そのまま地面へと向けて墜落《ついらく》してゆく。

「よし……ここからが本番だ。降りるぞ」

「ケエエッ！」

まずは第一目標を達成できた。ここからは地上戦だ――存分に斬るとしよう。

セイランへと命じ、ヴェルンリードを追うように地上へと一気に降下する。振りかざす刃は餓狼丸――ミリエスタでは控《ひか》えていた、成長武器の力を解放する。

「貪《むさぼ》り喰《く》らえ――『餓狼丸』ッ！」

本来であれば他のプレイヤーのいる場所では使いづらいのだが、ヴェルンリード相手にはそうも言っていられない。

地面に激突《げきとつ》したヴェルンリードであるが、奴のＨＰは殆《ほとん》ど減ってはいない。バジリスクの姿と化したこのヴェルンリード相手には、出し惜《お》しみなどしている余裕はないのだ。

「『生魔』！」

滑《すべ》るように着地したセイランは、そのまま地を蹴《け》ってヴェルンリードへと向けて疾走《しっそう》する。奴は起き上がって体勢を整えつつあるが、まだこちらの動きを捉えられてはいない。

俺は即座にヴェルンリードへと接近し、その足へと刃を振り抜《ぬ》いた。

だが――

「ッ――――！」

『魔剣使いィ！』

俺の一閃《いっせん》は、ヴェルンリードの足に僅かな傷を付けるだけに終わる。

今の状態では、コイツに有効なダメージを与えることはできない。餓狼丸の吸収が進めば変わるだろうが、現状ではどうしようもない。

俺たちを振り払うように放たれた横薙ぎの一撃を回避しながら、ヴェルンリードの背後へと移動する。瞬間、こちらへと振り下ろされたのは奴の尻尾《しっぽ》だった。

「セイランッ！」

「ケェッ！」

セイランは強く地を蹴り、叩き潰そうと迫る尻尾を回避する。それと共にセイランの背から飛び降りた俺は、叩きつけられた尻尾の上に着地し、そのまま体の上へと向けて駆け上がった。

打法――槌脚《ついきやく》。

振り下ろした足より叩き付けた衝撃で、ヴェルンリードは僅かに怯《ひる》む。だが、やはり大したダメージにはなっていない。《化身解放《メタモルフォーゼ》》を持つ伯爵《はくしやく》級を相手には、この程度ではダメージを与《あた》えられないということか。

やはり、強化された餓狼丸が必要か――

『ふざけるなァ！』

「っとぉ！」

ヴェルンリードが魔力を昂らせる気配に、俺は跳躍《ちようやく》してこいつの背から飛び降りる。そこに迫る風の刃は《蒐魂剣》で斬り裂きつつも着地し、改めて刀を構え直した。

こいつは元々魔法に特化したタイプの敵であったが、今はその肉体だけで十分に接近戦をこなせてしまっている。非常に厄介極《やつかいきわ》まりない。

奴《やつ》はただ、その強靭な肉体を振り回すだけで、俺たちを容易く仕留められるのだ。だが、だからこそ――

「来いよ、トカゲ女。あの時のように、自慢《じまん》のその目を斬り裂いてやろうか？」

『ほざけえええええええええッ！』

ヴェルンリードの纏う嵐が拡大する。地を捲《まく》り上げ、雷を降り注がせるそれに、俺は嗤《わら》いながら《蒐魂剣》を振り抜いた。全てを消し切るには至らず、ほんの僅かな空白地帯を作るのみであったが、それでも十分すぎる。

俺は僅かに開いた安全地帯へと突っ込み、ヴェルンリードへと接近する。

歩法──烈震《れっしん》。

「《蒐魂剣》」

斬法──剛《ごう》の型、穿牙《せんが》。

《蒐魂剣》を纏いながら突き出す刺突《しとつ》は、まるで強引《ごういん》に穴を開けるように嵐の壁《かべ》を突破《とっぱ》する。その先にいるのは、殺意に瞳をギラつかせたヴェルンリードだ。

俺一人へと向けられている強大な殺気に、思わず口角が吊《つ》り上がるのを感じる。

そうだ、存分に怒り狂《くる》え。その感情こそ、俺が常に抱《だ》いている炎なのだから。

歩法──陽炎《かげろう》。

急激な減速を交え、進む方向を斜《なな》めに捻《ね》じ曲げる。瞬間、俺が通る筈《はず》だった場所には翠の閃光が突き刺さり、地面を宝石へと変貌させていた。

相も変わらず恐ろしい効果だ。だが、その射出までにはほんの僅かなタイムラグがある。空中では回避が難しかったとしても、即座に反応できる地上では対処は容易い。

「『生奪』」

ヴェルンリードの視線を回避しつつ、奴の左前脚《あし》に接近。その関節部分へと向けて刃を走らせる。だが、その一撃は奴の体に接触《せっしょく》する前に出現した障壁によって減速し、碌《ろく》なダメージを与えることはできなかった。どうやら、この姿になっても尚《なお》、あの強力な魔法障《まほうしょう》壁《へき》を纏い続けているようだ。

ヴェルンリードは、腕《うで》に接近した俺を振り払《はら》うように腕を振り上げ、次いで嵐を纏いながら鉄槌《てっつい》のごとく振り下ろしてくる。ただでさえ強靭な腕を、《嵐魔法》で強化しているのだ。掠《かす》っただけでも消し飛びかねない威力である。

「《蒐魂剣》――【因果応報】」

対し、俺は後方へと跳躍しながら刃を振るう。ヴェルンリードの前足は俺の眼前の地面を叩き、その腕に纏った風と雷を解放した。

足元から立ち上る魔法からは、本来逃れる術はなかっただろう。だが、俺の振るった刃は、それを斬り裂いた上で吸収し、刃にその力を纏わせる。

『何っ⁉』

「確か……こうだったか！」

かつてオークスが見せたテクニックの使用方法を思い出し、刃を返して振り上げる。瞬《しゅん》間、餓狼丸の刃からは雷を伴う強烈《きょうれつ》な暴風が放たれ、ヴェルンリードの顔面へと直撃した。

奴は大きく顔を仰け反《の　ぞ》らせるも、それほどダメージを受けた様子はない。とはいえ、魔法を返されたのは衝撃だったのか、こちらへと強い警戒心《けいかいしん》を抱いたようだ。

だが、奴の視線はその瞬間に驚愕《きょうがく》へと変わる。

『――――ッ⁉』

「遅《おそ》い」

顔に風が直撃すれば、どうしたところで視界は遮られる。その刹那《せつな》の内に地を蹴った俺は、再び奴の前脚へと接近していたのだ。

振るうのは、全力で生命力を込めた一撃だ。

「《練命剣》――【命輝閃】ッ！」

『グ……ッ！』

斬法――剛の型、白輝《びゃつき》。

地を砕かんとするほどの勢いで踏み込み、全力の一閃を叩き付ける。

先ほどの一撃で障壁は破壊しきっていたため、《蒐魂剣》を交える必要はない。黄金の軌跡《きせき》を描《えが》く一閃は、ヴェルンリードの腕に食《く》い込み――毒々しい緑の血を噴出《ふんしゅつ》させる。

それに触れた瞬間に感じた違和感《いわかん》に、俺は思わず舌打ちしながら距離を取った。

「毒の竜《りゅう》……成程《なるほど》、まさにその名の通りってわけか」

体を包む倦怠感《けんたいかん》。深く呼吸して身体性能を落とさぬよう制御《せいぎょ》しつつ、インベントリからポーションを取り出す。だが、そんな俺の反応を読んでいたのか、ヴェルンリードは腕のダメージを無視して俺への追撃《ついげき》を優先した。

舌打ちし、こちらへと撃《う》ち出されようとする魔法へと《蒐魂剣》を構え——それが放たれる直前、上空から飛来した光と炎がヴェルンリードの巨腕《きょわん》を地面へと叩き落した。

それを見ながらポーションを飲み干し、地上に降り立った二人へと声を掛《か》ける。

「遅かったな……まあ、まだまだ始まったばかりだが」

「ええ、全然ＨＰも減ってないですしね。けど、随分面倒《ずいぶんめんどう》な能力ですね」

「だが、刃は通る。ならば殺せる。そら、ここからが本番だ」

ヴェルンリードの傷は、以前と同じように煙を上げながら修復されていく。

だが、その速度はミリエスタの街に魔法陣を敷《し》いていた時よりも明らかに落ちている。

これならば、攻撃を積み重ねていれば倒《たお》すことは可能なはずだ。

そして——

「俺たちだけで独占《どくせん》というわけにもいかなくなったようだしな」

背後から馬蹄《ばてい》の音が届き始めている。整然としたこの音は、恐らくベーディンジアの騎《き》士団によるものだろう。そして、その後ろからはプレイヤーたちがこちらに殺到《さっとう》してきているはずだ。

ヴェルンリードにもそれが見えているのだろう。翠の目を細め、苛立《いらだ》ちの混じったような唸《うな》り声を上げている。

そして——

『ルゥォォォォオオオオオオオオオオオ！』

大きく息を吸ったヴェルンリードは、まるで遠吠《とおぼ》えのように天へと向けて咆哮《ほうこう》を発した。

瞬間、晴れていた空は急激に黒く染まり、雷鳴《らいめい》が轟《とどろ》き始める。

……どうやら、この悪魔《あくま》も全力でこちらと相対するつもりのようだ。

『ただ一匹《ぴき》とて残しはしない——ここで潰《つい》えなさい、人間』

「今度こそ、その首を落としてやる……覚悟を決めろ、悪魔」

互《たが》いの殺意は交錯し、吹《ふ》き荒《あ》れる風の中で俺は静かに刃を構える。

そして——雷光《らいこう》が周囲を染め上げるのと同時、俺たちはヴェルンリードへと吶喊《とっかん》した。

第十五章　駆ける騎兵たち　その15

歩法──間碧《かんへき》。

降り注ぐ魔法を回避しながら、ヴェルンリードへと接近する。

周囲を暗く染め上げる空にはいくつもの魔法陣が浮《う》かんでは消え、俺たちを含《ふく》む多くのプレイヤーへと魔法を降り注がせていた。

だが、射出点が高い位置にあるため、速く動いていれば回避できないことはない。足を止めていれば集中砲火《ほうか》を食らうだろうが、動き続けていれば問題は無いだろう。

俺は正面から、緋真とルミナは左右に分かれながらヴェルンリードへと接近する。

奴の注意が向いているのは、当然と言うべきか俺であった。降り注ぐ雷を回避しながら、ヴェルンリードの纏う嵐を《蒐魂剣》で斬り裂いて、奴へと接近する。

直後、奴の額にある第三の目が輝き──

歩法──烈震《れっしん》。

俺は、即座に加速してヴェルンリードの体の下へと潜《もぐ》り込んだ。だが、ここではまだ刃は振るわない。

（厄介《やっかい》な要素しかないな、この化け物は）

ヴェルンリードの血に猛毒《もうどく》が含まれている以上、攻撃の仕方についても気を付けなければならない。この位置から刺突を狙《ねら》えば大きなダメージを与えられるだろうが、血を浴びることは避《さ》けられないだろう。

流石に、この肉薄《にくはく》した状態でヴェルンリードの血を浴びるのは危険すぎる。機会を窺《うかが》わなくてはならない。

一方で、緋真とルミナは特に妨害《ぼうがい》を受けることも無く、ヴェルンリードへの接近に成功した。二人はヴェルンリードの両側から回り込《こ》み、刃で奴の後《うし》ろ脚を斬りつける。

俺が嵐を消し去ったため接近そのものは楽であったようだが、やはり物理攻撃ではそれほど大きなダメージは与えられないようだ。

とはいえ、二人の攻撃には魔法も付与《ふよ》されている。そちらについては効果がきちんと適用され、ヴェルンリードのＨＰは僅かながらに削《けず》られた。

俺はそれを見届けながらヴェルンリードの体の下を潜《くぐ》り抜け、奴の背後へと回り込む。当然ながらヴェルンリードはこちらへと振り返り――そこに、無数の矢が飛来した。それを放ったのは、先程《さきほど》接近してきたベーディンジアの騎兵部隊だ。

『邪魔《じゃま》です、小賢《こざか》しい人間風情《ふぜい》が！』

「来るぞ、回避せよ！」

部隊規模で射掛けられた矢は流石に無視しきれなかったのか、ヴェルンリードは怒りの咆哮と共に暴風を放つ。地面を抉《えぐ》りながら這《は》う風の渦は、騎馬《きば》で駆ける騎士団《きしだん》を飲み込まんと襲い掛かり——しかし、それよりも早く彼《かれ》らは回避行動を取っていた。

迫《せま》りくる風の渦を避ける形で二つの部隊に分かれた彼らは、そのまま別々に行動を開始する。どうやら、最初から即座に指揮系統を分けられるように準備していたようだ。

苛立った様子のヴェルンリードは、分かれた騎士《きし》たちへと追撃を掛けようとし——その瞬間、俺の耳元で声が響《ひび》いた。

『クオン！　第二射が行くわ、退避して！』

「っ……緋真、ルミナ！　距離を取れ！」

耳元に響いたエレノアの声に、俺は緋真たちを伴ってヴェルンリードから離れる。その瞬間、ベルゲンの街からは、先程ヴェルンリードを地へと叩き落とした無数の攻撃《こうげき》が飛来した。どうやら、誰《だれ》かしらが指揮をとり、斉射《せいしゃ》を掛けるように制御しているようだ。

騎士団へと攻撃しようとしていたヴェルンリードは、それを確認して咄嗟《とっさ》に行動を取りやめ、自らの前面に魔法による障壁を発生させる。

渦を巻く嵐の障壁は、飛来したバリスタや魔法を悉《ことごと》く弾《はじ》き、霧散《むさん》させてしまった。だが、その時間を稼《かせ》いだ価値はあっただろう。騎士たちはヴェルンリードの攻撃から逃れることに成功し、同時に他のプレイヤーたちもこの悪魔に接近することに成功したのだから。

先頭にいるのは『キャメロット』の一団のようだ。到着前《とうちゃく》から準備していたらしい彼らは、この怪物《かいぶつ》を相手に臆《おく》することなく突撃《とつげき》してきている。

「防壁《ぼうへき》の解除と共に接近！　ヘイトを奪取《だつしゅ》しろ！」

『はっ！』

威勢《いせい》よく声を上げているのは、最前線にいる一団だ。ガッチリと鎧《よろい》で身を固めている彼らは、恐らく防御《ぼうぎょ》部隊か何かなのだろう。その隊長らしき人物は、何と女性である。まさに女騎士と言わんばかりの格好をした人物だ。彼女と顔を合わせたことはないが、アルトリウスに選ばれた隊長であるならばその実力は折り紙付きだろう。

ヴェルンリードが防壁を解除すると共に奴の眼前で馬から降り立った彼女らは、インベントリからタワーシールドを取り出し、地面に突き立てるように構える。

「第一隊！」

『《プロヴォック》！　《フォートレス》！』

盾《たて》を構えた騎士たちは、まるで三段撃ちでもするかのように並びながらスキルを発動する。盾から発せられた輝きはヴェルンリードの巨体《きょたい》を照らし——奴の意識の多くが、彼らへと向けられた。どうやら、意識を誘引《ゆういん》する効果を持ったスキルであるらしい。

それでも幾分《いくぶん》かは俺に対する意識が存在しているため気は抜かないが、どうやらある程度は動きやすくなったようだ。

『邪魔立《じゃまだ》てをするつもりですか……！』

ヴェルンリードは再び魔力を昂《たかぶ》らせ、嵐《あらし》を纏う前腕《ぜんわん》を彼女たちへと向けて振り下ろす。しかし、その一撃は騎士たちを叩き潰《つぶ》すことはなく、発生した巨大な盾のエフェクトによって受け止められていた。あの直撃を受けたら俺たちではひとたまりもないだろう。大層な防御力《ぼうぎょりょく》だ。

しかし、騎士たちも決して無事というわけではなく、きっちりとダメージを受けている。それを回復しているのは、彼らの後ろに控える支援魔法《しえんまほう》の部隊——恐らくはマリンの部隊だろう。様々な支援魔法を連発する彼らに支えられることによって、騎士たちの戦線は崩れずに維持《いじ》できているのだ。

「さっすが……！　先生、今のうちに！」

「ああ、分かってる」

ちらりと餓狼丸に視線を向ければ、その刀身は最早《もはや》切っ先の近くまで黒く染まってきている。

割合でＨＰを吸収する《餓狼の怨嗟《えんさ》》は、恐《おそ》らく最も多くヴェルンリードのＨＰを削っているということだろう。だが、この短時間で餓狼丸を染め上げてしまったということは、それだけ多くのＨＰを保有しているということでもある。

一応、ある程度削れているようには見えるが、削られた後のＨＰバーは黒くはなく、赤い色で表示されている。まさかとは思うが、二本目があるのだろうか。

まあ何にせよ、立ち止まっている理由にはならない。少しずつであろうとも削らなければ、コイツを仕留めることはできないのだから。

まず狙うのは後ろ脚、人間でいうアキレス腱《けん》の部分だ。トカゲにアキレス腱があるかどうかは知らないが、生物の構造上、ここに腱がなければ脚を動かすことはできない筈だ。

ヴェルンリードは俺のことを警戒《けいかい》しているため、俺が動けば当然ながら反応する。しかし、部隊を率いるアルトリウスがそれを見逃《みのが》す筈もない。

「高玉さん、スカーレッドさん！」

「射撃《しゃげき》部隊、用意」

「詠唱完了《えいしょうかんりょう》、いつでも撃てます！」

攻撃を終えた直後に俺の方へと意識を向けたため、ヴェルンリードの迎撃《げいげき》態勢は整っていない。そこに直撃《ちょくげき》したのは、凄《すさ》まじい速さで飛来した矢と、様々な属性の魔法《まほう》だった。

防御部隊の後ろにいるらしく、その姿はここからでは確認できなかったが、どうやら指揮しているのはミリエスタの作戦に参加した二人のようだ。スカーレッドはデスペナルティも喰らっているだろうに、中々の度胸である。

二つの遠距離《えんきより》攻撃《こうげき》の直撃を受けて、ヴェルンリードの体が揺れる。だが、あまり大きなダメージにはなっていない。多少削れてはいるものの、まだまだ奴の命に届くレベルではないだろう。

それでも、十分な隙《すき》にはなった。その間にヴェルンリードの右脚へと接近した俺は、その踵《かかと》部分に刃《やいば》を振《ふ》り下ろす。

斬法——剛の型、白輝《びやつき》。

「《練命剣》——【命輝閃】ッ！」

『グ……ッ⁉』

眩く輝いた餓狼丸は、煌《きら》めく軌跡を描きながらヴェルンリードの強固な鱗《うろこ》を突破する。最大まで攻撃力が高まった餓狼丸ならば、この強靭な肉体をも貫くことが可能なようだ。

毒に満ちた血が飛び散るが、来ると分かっていれば回避《かいひ》することはできる。尤《もつと》も、白輝は中々に隙の大きい一撃だ。避けるのはかなりギリギリになってしまった。

苦痛の声を上げたヴェルンリードは、ぐらりと体を揺らす。ヴェルンリードの右の後ろ脚は膝《ひざ》を地に突くような体勢となっており、確実に動きを鈍らせているようだ。

『ルォォォオオオ――――！』

「ッ⁉」

だがその直後、ヴェルンリードは大きく魔力を昂らせ、再び体に嵐を纏《まと》い始めた。その風圧に弾《はじ》き飛ばされ、奴から大きく距離を開ける。

そして、それと共に空間に投射された魔力は雷と化し、無差別に周囲を薙《な》ぎ払った。舌打ちと共にそれを回避し――避けたそれが向かう先に視線を向けて、思わず眼を見開く。そちらの方角に存在していたのは、こちらへと向かってきている、『キャメロット』に所属する連中とは別のプレイヤー集団だったのだ。

ヴェルンリードが全方位へ放った魔法は、彼らへと直撃し、容赦《ようしや》なく吹き飛ばす。体力の低いプレイヤーについては、それだけで死に戻《もど》ることになってしまったようだ。

「うわ、ヘイト無視の無差別攻撃持ちですか」

「お前も喰らっていただろうに」

「一応、《斬魔の剣》は使っておきましたよ」

こちらへと近寄ってきた緋真《ひさな》はダメージを負っている様子ではあったが、それでも致命《ちめい》的なレベルではない。離れているルミナも無事な様子であるし、こちらの戦線は崩れてはいない。だが、向こうのプレイヤーはそうも言っていられない様子だ。

壁を作り上げていたアルトリウスたちは無事な様子であるが、近寄ってきていたプレイヤーたちは中々のダメージを受けてしまった。幸い、ベーディンジアの騎士団は大きく距離を開けていたため問題はなかったようだが――

「……厄介だな」

「ですね。どういう条件で今の攻撃を放つのかも分からないですし。ダメージ起因か、それとも時間か……分からないですけど、分析《ぶんせき》してる余裕《よゆう》もないですよ」

「その通りだ。何度もやられる前に潰すとするか」

アルトリウスたちも同意見であるのか、ディーンとデューラックが動き始めている。先ほどの攻撃については、戦いながら分析するつもりなのだろう。

では、少しばかり彼らの手助けをするとしようか。

「『生魔』」

まずは、ヴェルンリードの纏う嵐を剥《は》ぎ取る。この防壁がある限り、ヴェルンリードに有効なダメージを与えることはできないだろう。だが、奴の意識は今こちらに向いている。この状況《じょうきょう》で奴に接近するのは中々難しいが――

「第二隊！」

『《プロヴォック》！　《フォートレス》！』

ヴェルンリードが攻撃を繰《く》り出す前に、『キャメロット』の騎士たちが奴の意識を引き付ける。再びヴェルンリードは『キャメロット』の方へと向き直り――その瞬間、俺は地を蹴った。

斬法――剛の型、穿牙《せんが》。

ヴェルンリードの纏う嵐へと刃が突き刺さり、その防壁に穴を穿《うが》つ。それと共に嵐の魔法は大きく揺らぎ、ヴェルンリードの身が露《あら》わになる。

さて、そろそろ積極的に攻《せ》めてやるとしようか。

第十六章　駆ける騎兵たち　その16

　嵐の防壁を突破して、ヴェルンリードへと接近する。同時、ヴェルンリードはこちらを尻尾で薙ぎ払いつつ、前方にいる防御部隊へと向けて宝石化の呪《のろ》いを放ち始めた。

　対し、こちらはヴェルンリードの背へと鉤縄《かぎ》を放ち、大きく跳躍する。鱗があるため、引っかかる場所は多い。思い切り鉤縄を引くと共に強く地を蹴り、俺は振るわれた尻尾を回避しながらヴェルンリードの背へと跳《と》び乗った。

　一方、第三の瞳《ひとみ》からの光線を受け止めている防御部隊は、どうやらその影響《えいきょう》を受けてしまっているらしい。何かのスキルかステータスか、一応一瞬《いっしゅん》で宝石と化すというほどの効果は無いようであるが、それでも体が徐々に宝石へと変化してきてしまっている。

　支援部隊の魔法によって同時に解除が進められているようであるが、やはり宝石化するスピードの方が速い。このままでは、彼らも宝石の像と化してしまうことだろう。

　故に――

「しッ！」

ヴェルンリードの背中に着地した俺は、そのまま背中を蹴って奴の頭へと向けて駆ける。奴も俺が背中に乗ったことに気づいたのか、体を震《ふる》わせて振り落とそうとするが、それに合わせて跳躍することで振動《しんどう》を回避した。

当然、犬のように体を振れば瞳の照準もズレる。防御部隊を宝石に変えようとしていたその光線も、あらぬ方向へとズレて地面をエメラルドへと変化させた。それを見届けながら、俺はヴェルンリードの翼《つばさ》の付け根を蹴って更に奴の頭へと接近する。

奴も俺を振り落とせなかったことに気づいたのだろう、長い首を捻《ひね》ってこちらを睥睨《へいげい》し、魔法を放とうとする。だが、それだけの時間があるならば、首に肉薄することは十分に可能だ。

「《練命剣《れんめいけん》》、【命輝閃】ッ！」

振るう刃を、首の根元へと叩き付ける。

完全に黒く染まり切った餓狼丸は、ヴェルンリードの長い首に確かな斬り傷を与えていた。断《た》つには到底《とうてい》至らない傷であるが、それでも十分にダメージは与えられている。

しかし、ヴェルンリードは首にダメージを受けたことで反射的に体を振るい、俺を振り落とそうと暴れ出した。

流石に、この状況で奴の上に留《とど》まり続けることは不可能だ。俺は素直《すなお》にヴェルンリードの背中を蹴って、上空へと跳躍した。同時、空から飛来した気配が、俺の上げていた左腕《ひだりうで》を掴《つか》んで持ち上げる。

「また派手にやってるわね。解毒薬《げどくやく》はいる？」

「頼《たの》む。流石に、あの状況では血を避けられなかったからな」

俺を掴んだのはセイランであり、その背に乗っていたのは、ベルゲンの街から連れ出されたアリスであった。セイランから離脱《りだつ》する前、俺は彼女を回収するようセイランに命じていたのだ。

アリスは別に死に戻ったわけではないため、デスペナルティを受けているということもない。戦線への復帰を果たしたアリスへとパーティ申請《しんせい》を送りつつ、俺はセイランの腕を伝ってその背中まで移動した。ついでにアリスから解毒薬を受け取って毒状態を回復しつつ、眼下の様子を観察する。

俺を引き剥がすことに成功したヴェルンリードであるが、その周囲にはプレイヤーたちが集まりつつある。特に目立つ動きをしているのは、やはり『キャメロット』の面々だ。ディーンとデューラック、そして黄金に輝《かがや》く聖剣《せいけん》を掲《かか》げるアルトリウス。彼らは暴れまわるヴェルンリードが落ち着く瞬間を見計らい、一斉攻撃《いっせいこうげき》を開始した。

ちなみに、足並みを揃《そろ》えられていないプレイヤーの幾人《いくにん》かは、暴れるヴェルンリードに踏《ふ》み潰されて死に戻っていた。

「そろそろ、一本目のＨＰが無くなるわね」

「何か変わるのか？」

「さあ？　ただ、こういうボスの場合、何かしら強化されることが多いわね」

アリスの言葉に視線を細め、俺はセイランを動かす。何かしらの攻撃を仕掛《しか》けてくるのであれば、まずは状況を観察しなければならない。

その間にも地上のプレイヤーたちは攻撃を続け、そのＨＰを削り切る前にアルトリウスたちは退避《たいひ》する。どうやら、同じように状態の変化を警戒しているようだ。だが、そのセオリーを理解していない一部のプレイヤーは、気にすることなく攻撃を続け――

『ルオオオオオオオオオオオオオオオオ――――ッ！』

刹那、ヴェルンリードの全身から膨大《ぼうだい》な魔力《まりょく》が迸《ほとばし》った。放出された力は竜巻《たつまき》と化し、周囲を纏めて蹂躙《じゅうりん》する。距離《きょり》を取っていたアルトリウスたちは巻き込まれなかったようであるが、退避しなかったプレイヤーはまとめて上空に投げ出されてしまった。

それに関してはどうしようもない。それよりも気にするべきは、ヴェルンリードから放出されている膨大な魔力だ。

空中に放出されたヴェルンリードの魔力は、竜巻の渦《うず》の中で三つの点に収束する。砂埃《すなぼこり》を巻き上げていた竜巻は、やがてゆっくりと収まり――姿を現したのは、三体の人間の姿をしたヴェルンリードだった。

「な……っ⁉」

「ちょっと、そんなのアリ？」

地上には未《いま》だ、竜の姿をしたヴェルンリードが存在している。つまり、現在ヴェルンリードは四体存在しているということだ。

尤も、それら全てが本物というわけではない。ベルゲンを奪還《だっかん》する際にも姿を現した、分身を形成する魔法だろう。

あの時に斬った感触《かんしょく》から、あの分身は本体ほどの強度が無いことは分かっている。だが、使える魔法に変わりがあるわけではない。あの数で魔法を連射されれば、戦線が崩れることもあり得るだろう。

「チッ……アリス、仕事のようだぞ？」

「勘弁《かんべん》して欲《ほ》しいわね……とりあえず、降りるとしましょうか」

セイランを操《あやつ》って地上へと戻り、増えたヴェルンリードの様子を観察する。

ヴェルンリードの分身はゆっくりと行動を開始し――それぞれがいくつもの魔法陣《まほうじん》を展開した。どうやら、奴らはまだ防御部隊による誘引の効果を受けていないらしい。

厄介なのは、内一体が俺《おれ》に対して意識を向けていることだ。他を見向きもせずこちらに視線を向けている辺り、随分《ずいぶん》と奴の恨《うら》みを買ってしまったことが窺える。

「アリス、頼む。ここから先は、他を気にしている余裕はなさそうだ」

「……どうするの？」

「掻《か》い潜って本体を斬《き》る。分身を倒したとして、また出せたとしたら鼬《いたち》ごっこだ」

「あんなとんでもないものを無制限に増やせるとは思えないけど……それでジリ貧《ひん》になったら元も子もないものね。分かったわ」

「お前さんも、上手《うま》くやれよ」

まあ、彼女《かのじょ》の場合は態々《わざわざ》言うまでもないだろうが。

セイランも自由行動とし、二人が離《はな》れていく気配を感じながら静かに構える。

アルトリウスたちもこの事態に対処しようとしているのだろうが、今はそれに視線を向けている余裕もない。ヴェルンリードの分身体は、ゆっくりとこちらへ魔法陣を向け――

その瞬間《しゅんかん》、俺の視界はモノクロに染まった。

久遠神通流合戦礼法《くどうじんつうりゅう》――風の勢、白影《びゃくえい》。

飛来する魔法の全てを回避し、駆ける。

降りてきている奴もいるが、俺を狙っているのは空中にいる分身体だ。排除《はいじょ》することが難しい以上、今は無視して本体を狙うのみ。

「『生奪』」

歩法――烈震《れっしん》。

強く地を蹴り、背後で魔法が着弾《ちゃくだん》する気配を感じながらヴェルンリードの本体へと吶喊する。

ヴェルンリード本体については未だに防御部隊の誘引が効いているため、俺に対する注意は散漫《さんまん》だ。尤も、上にいる分身が魔法を連射してくるため、安心できるというわけではないのだが。

範囲魔法《はんいまほう》だけは《蒐魂剣《しゅうこんけん》》で斬り裂《さ》いて本体に接近、その腹の下に潜り込む形で刃を振るう。蜻蛉《かげろう》の構えから振るった刃はヴェルンリードの腹部を傷つけ、緑の血を滴《したた》らせた。

移動しながらであるため血そのものの回避は可能、そのままヴェルンリードの右前脚へと向かう。だが、視界の端《はし》に見えた存在に、俺は舌打ちと共に地を踏みしめた。

(コイツの下にいれば魔法は撃たれないかと思ったが、流石に甘《あま》かったか)

歩法――陽炎《かげろう》。

頭上から滴る血、そして横に展開された魔法陣から放たれた雷光。それらを緩急《かんきゅう》をつけて回避しながら、尚も前進。前足が地に着いたタイミングを狙い、大きく刃を旋回《せんかい》させる。

「『生奪』」

斬法――剛の型、輪旋《りんせん》。

遠心力で勢いを増した切っ先は、地を踏みしめ踏ん張ろうとしているヴェルンリードの足に傷を付ける。体を支えようとしたタイミングでの痛みにヴェルンリードの巨体は揺《ゆ》れ、頭の位置は僅《わず》かに下がった。まだ攻撃するには位置が高いが――

「先生ッ！」

視界に、緋真の姿が映る。

白影を使っている今、あいつの言葉の意味を理解することはできないが、それでも俺に呼び掛けていることだけは理解できた。そして、体を回転させるようにしながら捻り、縮めたその姿に、俺は言わんとしていることを理解して緋真へと向けて駆ける。

緋真が俺の方を見ながら繰り出したのは、大きく開脚《かいきゃく》して放つ柱衝《ちゅうしょう》だ。緋真が天へと向けて突《つ》き出してきた蹴り足に、己《おのれ》の足を合わせて後ろ宙返りをするように跳躍する。逆さになった視界に映るのは、斜めに体勢を崩《くず》したヴェルンリードだ。

「そこッ！」

その首を目がけ、俺はインベントリから取り出した二本の小瓶《こびん》を投げつけた。傷がついていない方の首へと命中した二つの小瓶は割れ、中に入っていた液体をぶちまける。

瞬間、奴の首筋からは煙《けむり》が立ち上った。嗅覚《きゅうかく》が生きていれば、強い刺激臭《しげきしゅう》が漂《ただよ》ってきたことだろう。

『ガアアアアアアアアアアアッ⁉』

それを受けて、ヴェルンリードは巨大《きょだい》な悲鳴を上げる。

無理も無いだろう。あれは、女王蟻《あり》の体液から生成された腐食毒《ふしょくどく》。あらゆるものを溶《と》かす強力な酸だ。ヴェルンリードの頑強《がんきょう》な鱗とて、十分に通用する効果であろう。

「《蒐魂剣》、【因果応報】」

同時、空中で体を捻って刃を振るう。

上空から魔法を放ってきた分身の一撃《いちげき》を吸収、次いで反射するように撃ち出し、空中の相手を牽制《けんせい》する。そのまま体勢を整えて着地し、再びヴェルンリード本体の後ろに回り込むように走り出す。

これで準備は整った。後は、最後の機会までの布石を積み上げるだけだ。

第十七章　駆ける騎兵たち　その17

痛みに悶《もだ》えるヴェルンリードを無視して、分身たちは攻撃を繰り返している。

三体いる分身の内、一体は『キャメロット』が、もう一体は他のプレイヤーたちが引き付けているようだが、もう一体は相変わらず俺への攻撃を繰り返している。

だが、俺を警戒して距離を取っているためか、逆に回避自体はやり易《やす》い状況だ。

確かに、地上まで降りて来たならば《蒐魂剣》で斬れる。そうすれば奴《やつ》の纏っている障《しょう》壁《へき》共々分身を破《は》壊《かい》してやれるのだが――流石《さすが》に、そこまでサービスをしてくれはしないか。

（流石のアルトリウスたちも、分身二体を引き付けることは不可能か）

『キャメロット』の防御部隊は現在、ヴェルンリードの本体と分身一体を相手にしている。彼らの能力は高いが、流石に強力な悪魔であるヴェルンリードを相手にそこまですることは厳しいようだ。

まあ、他の分身を相手にしてくれているだけでもありがたいというものではあるが。

「『生奪』」

斬法──剛《ごう》の型、輪旋《りんせん》。

走り回って魔法を回避しつつも、ヴェルンリードの本体へと攻撃を加えていく。

上空の分身の攻撃は範囲魔法だけ破壊すればいい。他の魔法については回避できる。それよりも警戒すべきは──痛みをこらえ、怒《いか》りを滾《たぎ》らせているヴェルンリード本体だ。

『ルォオオオオオオオッ！』

遠吠えのごとく響き渡《わた》る咆哮。それと共に急激に膨《ふく》れ上がった魔力は衝撃《しょうげき》となって周囲に迸った。巨大な風圧に押《お》され、俺はそれに逆らうことなく後方へと跳ぶ。

同時、無差別に襲《おそ》い掛かってきた雷《かみなり》を《蒐魂剣》で斬り払う。それによって刃が雷を纏うが、さてどう使ったものか。

と──ふと思いつき、俺は雷を纏う餓狼丸《がろうまる》を見下ろしながらスキルを発動した。

「《蒐魂剣》、【因果応報】！」

「……《練命剣》」

瞬間、雷光を纏う餓狼丸が、更《さら》に生命力の輝きを纏う。その結果に、俺は思わず眼を見開いた。

本来、《魔技共演《まぎきょうえん》》ではテクニックを組み合わせることはできない。組み合わせて使用できるのは、テクニックを用いない普通《ふつう》のスキル発動だけだ。

【因果応報】についても、その発動自体には他のスキルを組み合わせることはできなかった。だが、【因果応報】の効果によって魔法効果を吸収したこの状態……これはどうやら、魔法による強化を受けているのと同じ状態として扱《あつか》われるようだ。

つまり、たった一閃《いっせん》だけではあるが、相手の魔法による強化を受けたまま更に《練命剣》による強化を行うことができるわけだ。

土壇場《どたんば》ではあるが、面白《おもしろ》い事実に気が付けた。これは使えるかもしれない。小さく笑いつつ、俺は再び地を蹴《け》ってヴェルンリードへと接近する。

（アルトリウスたちは健在。だが、他のプレイヤーたちが崩れかけているか）

完全に戦線が崩壊《ほうかい》しているというわけではないが、ヴェルンリード本体はほぼフリーになってしまっている。

どうやら、分身によってかけられている追撃への対処に追われているようだ。

つまり――

『魔《ま》剣《けん》使い……ッ！』

本体の方は、先ほど腐食毒を投げつけた俺に対して怒り心頭であるということだ。

『キャメロット』の防御部隊はすぐに動き出しているようであるが、一手程《ほど》は遅《おく》れてしまうだろう。

ならば、その一手を稼ぐまで。小さく笑いながら、俺は雷を纏う刃を振り抜《ぬ》いた。瞬間、刀身が帯びていた雷光が、俺の生命力による強化を受けて撃ち放たれる。その一撃は真《ま》っ直《す》ぐと矢のように飛んでヴェルンリードの体へと命中し、その全身を駆け巡《めぐ》った。

ダメージにもなったが、それ以上に動きを止めたことが素晴《すば》らしい。当然、体勢を立て直したプレイヤーたちはまた一斉《いっせい》に奴の元へ群がり始めた。そんな地上の状況に焦《あせ》ったのか、俺に攻撃を放っていた分身は周囲を薙ぎ払《はら》おうと魔力を高め――その背に、影が差す。

上空から飛び降りてきたのは、刃を握《にぎ》り締《し》めたアリスだ。セイランから飛び降りた彼女は、地上を見下ろしていたヴェルンリードの分身、その頸椎《けいつい》をナイフで刺《さ》し貫《つらぬ》く。

「ッ――――!」

目を見開く分身、だが刃で喉《のど》を貫通《かんつう》され、声を出すことはできなかったようだ。アリスはそのまま貫いた刃に体重をかけ、地上へと落下しながら強引《ごういん》に刃を振り抜く。

首を半ば以上断たれた分身は、その構成を維持できず空中に溶けるように霧散した。

地上へと落下していくアリスを追って空中を駆ける影は二つ。セイランはあっという間にアリスに追いついてその頭巾《ずきん》を咥《くわ》え、そしてルミナはその横を掠《かす》めるようにしながらヴェルンリードの頭へと突撃した。

ルミナが掲げた手から放たれた光は、ヴェルンリード本体の頭部を直撃し、眩《まばゆ》い閃光《せんこう》を

走らせる。その光に視界を奪《うば》われたヴェルンリードは硬直《こうちょく》し――その瞬間、穿牙《せんが》の構えで突撃したルミナの刃は、ヴェルンリードの第三の瞳に突き刺さっていた。

『ガ――――ッ!?』

深々と突き刺さった刃。脳まで達しているであろう一撃だが、しかしヴェルンリードはそれでも倒《たお》れない。

ルミナは噴《ふ》き出した血を浴びて毒状態となってしまったようだが、それでも彼女は刃を引き抜いてその場から離脱してみせた。

その光景と共に俺はヴェルンリードへと接近し――それよりも若干《じゃっかん》早く、四人の剣士《けんし》が奴の前足へと肉薄する。アルトリウスとデューラック、そして緋真とディーン。二人ずつに分かれた面々は、それぞれが最大の攻撃をヴェルンリードの両前足へと叩《たた》き付けた。

光と水、そして炎《ほのお》。それぞれが使用できる最大限の強化を掛《か》けた魔導戦技《マギカ・テクニカ》は、奴の前足を深く抉り、その体を前のめりに倒させる。

だが、それでも尚《なお》ヴェルンリードは足掻《あが》く。魔力を振り絞《しぼ》り、巨大な嵐の障壁で接近したプレイヤーたちを弾き飛ばして――飛来した一本の矢が、その障壁を掻き消した。

『――――ッ!?』

体勢を立て直そうとしていたか、或《ある》いは逃《に》げるつもりだったのか。だが、ここまで来てそれを許す筈《はず》もない。後方で矢を放った高玉も同じ心持であっただろう。

ヴェルンリードは傷ついた足で何とか体を起こし——その背に、ベルゲンの街から飛来した攻撃が突き刺さる。あちら側を指揮していると思われる、エレノアからの援護《えんご》だろう。爆発物《ばくはつぶつ》まで混じったその攻撃に、ヴェルンリードの体は前のめりに揺れる。

「緋真ッ！」

「っ、はい、先生！」

くるりとこちらに振り向いた緋真は、刀から手を離し、両手を合わせて上へと向けながら低く構える。走って接近した俺は、その手に右足をかけ——二人の力で、全力で高く跳《ちょう》躍《やく》した。

目指す位置はヴェルンリードの首の上。最初にその首筋へとつけた疵《きず》へと向けて、俺は刃を振り下ろす。

「《練命剣》——【命輝閃《めいきせん》】ッ！」

斬法——柔《じゅう》の型、襲牙《しゅうが》。

輝きを纏い、突き立った刃。俺の全体重を込めた一撃はヴェルンリードの傷をさらに深く抉り——着地する勢いのまま刃を捻り、その首を半ば以上抉り斬った。

大量の血が噴出《ふんしゅつ》し、餓狼丸の刃は尚も突き刺さったまま。

――それでも、ヴェルンリードは強引に首を振って俺を弾き飛ばそうとした。

「チ……ッ！」

ここで距離を開けるわけにはいかない。俺は即座《そくざ》に餓狼丸から手を離して着地、致命傷《ちめいしょう》を負いながら尚こちらを睥睨する悪魔《あくま》の視線を見返す。

『貴様、だけは……ッ！』

言葉の意味は理解できない。だが、そこに込められた怨嗟に、俺は口角を吊《つ》り上げる。

左手には鉤縄を、そして右手には背から抜き放った野太刀《のだち》を。体勢を整えた俺に対し、ヴェルンリードは輝く魔法陣を発生させた。傷ついた両腕《りょううで》を使いたくなかったのだろう、魔法だけでこちらを攻撃するつもりのようだ。

尤も――それこそが、お前の敗因となるのだが。

「《蒐魂剣》、【因果応報】！」

『砕《くだ》け散りなさいッ！』

斬法――剛の型、白輝《びゃつき》。

撃《う》ち出された嵐――その魔法へと、臆することなく刃を振るう。強化された餓狼丸よりは威力《いりょく》の劣《おと》る野太刀での一撃では、完全にそれを打ち消し切ることはできない。

魔法の貫通ダメージ、そして毒によるダメージ。その両方が体を蝕《むしば》み――それでも、まだ俺は生きている。

魔法を耐《た》え切った野太刀は風と雷を同時に纏い、俺は即座に鉤縄を飛ばしてヴェルンリードの首へと引っ掛けた。その感触に奴は反射的に首を引き、その勢いに乗って、俺は大きく跳躍する。更にヴェルンリードの肩《かた》を蹴り、そして鉤縄を手放して、大きく跳躍。

「終わりだ――《練命剣》、【命輝閃】ッ！」

斬法・奥伝《おくでん》――剛の型、鎧断《よろいだち》。

狙《ねら》うは、腐食毒によって鱗が溶け、肉が焼け爛《ただ》れた首。そこへと振り下ろした刃は――纏う嵐によって、まるで削《けず》り取るかのようにヴェルンリードの首を断ち斬っていた。

『――――アッ』

ドラゴンの顔であるというのに、ヴェルンリードは呆然《ぼうぜん》と目を見開き――その首が、まるで折れ曲がるように千切れ落ちる。その様を見届けながら、抜け落ちてきた餓狼丸を左手でキャッチし、両の刃を振るって血を落とした。

「ノコノコとここまでやって来るからだ、間抜《まぬ》けめ。人間に対して一人で挑《いど》んだ、貴様の負けだ」

白影を解除し、血を拭《ぬぐ》って、二振りの刃を鞘《さや》に納める。

――それと同時、ヴェルンリードの巨体は、黒い塵《ちり》となって消滅《しょうめつ》していた。

『ワールドクエスト《駆ける騎兵たち》を達成しました』

『グランドクエスト《人魔大戦》が進行します』

『イベント中の戦闘《せんとう》経験をステータスに反映します』

『イベント報酬《ほうしゅう》アイテムを各プレイヤーのインベントリに格納します』

『イベント成績集計中です。ポイント交換《こうかん》は後日実施《じっし》可能です』

『レベルが上昇《じょうしょう》しました。ステータスポイントを割《わ》り振ってください――』

イベント完了《かんりょう》の通知が流れ、俺は深く溜《た》め息《いき》を吐《は》き出す。とりあえずは、尽《つ》きかけている己のＨＰをなんとかするとしようか。

インベントリから取り出したポーションで毒状態とＨＰを回復しつつ、俺は遠くから響《ひび》く歓声《かんせい》に耳を傾《かたむ》けていた。

【ベルゲン解放戦】ワールドクエスト『駆ける騎兵たち』スレPart.2【作戦開始】

001：セリカ
開催時期指定ワールドクエスト『駆ける騎兵たち』について
相談、連絡を行うスレ。
次スレは>>950踏んだ人にお願いします。

前スレ
【第二回】ワールドクエスト『駆ける騎兵たち』スレPart.1【イベント開催】

=====================（略）=====================

242：バーディン
今回のイベントはポイント制？

243：どらる
まとめ
・目標はベルゲンにいる悪魔の駆逐
・現地人の騎士団と協力して戦う
・様々な行動でポイントが溜まるポイント制
・主に悪魔との戦闘、味方の援護、現地人の救助等
・ポイントはイベント終了後にアイテム交換可能
・キャメロットが門をブチ破る宣言
・師匠は自由行動

・師　匠　は　自　由　行　動

244：蘇芳
ポイント交換のアイテムリスト公開して欲しいんだけどなぁ

245：カナン
成長武器を取得するためのポイントはいくつなんですかね!?

246：朝夷衣
>>243
あっ（察し）

247：Fubuki
>>243
オチが見えた

248：全裸シャーク
>>243
ヤメロォ！

249：ミック
>>243
知ってた

250：阿吽
自由も何も、あの人最初からいつでも自由にしか動いてなくね？

251：Lise
飛べる騎獣持ちは街中に先行できていいなぁ……
いや、普通に考えたら囲まれて袋叩きなのは分かってるんだが

252：蘇芳
師匠の張り付き生配信めっちゃ見たい
でもイベントも参加したい

253：もこもこ
当の師匠はさっそくグリフォンに騎乗している模様
グリフォンは比較的安いけどそれでもお高いんだよなぁ飛行騎獣

254：シュレン
もうすぐ時間だぞー、位置に付けー

255：アイン
開始まであと一分
地上を行くしかないならせめてスタートダッシュを決めねば

256：ゼフィール

辻ヒーラー共がＮＰＣに支援飛ばせば稼げるとか言ってたけど、
ぶっちゃけ騎獣で追いかけても現地人に追いつくの無理だろ

257：ruru
あと30秒

258：毛玉山
前衛職は手あたり次第に悪魔を倒すしか稼ぐ手段などない……
成長武器は憧れるんだよなぁ、俺も解放とかしてみたい

259：ローズ
悪魔共もわらわら準備しておるわ

260：じゅらじゅら
>>256
ガチ乗馬経験者、それもちょっと乗ったとかじゃなく
走らせる経験がある人じゃないと無理
《乗馬》スキル取っても無理

261：不知火
あと10秒！

262：(´・ω・`)
(´・ω・`)準備よー

263：シグナル
五！

264：朝夷衣
５！

265：Fubuki
>>262
出荷よー

266：ruru
よっしゃ行くぞー！

267：(´・ω・｀)
(´・ω・｀)おほー

268：捗りマン
しゃあああああああああ！

269：SAI
そして早速師匠は飛び立つ
けどまずは門の上の確保だそうで

270：蘇芳
門を壊すの早く！
それにしてもペガサス部隊は壮観《そうかん》だなぁ

271：ミック
>>267
出荷よー

272：まりも
こうやって飛んでる所を見ると、
グリフォンとペガサスって大分違《ちが》うんだな

273：アイゼンブルグ
早速門の上の悪魔共がぶっ飛ばされておるわ

＊　＊　＊　＊　＊

470：神楽城
現地人の騎士団優秀過ぎるんですけどぉ!?
広い所の敵があっという間に片付けられていく……

471：みぞれだるま
罠にかかった。。。
ぐうイラつく

472：シューマ
>>470
大通りにいるからそうなるんだよ
あいつら狭い所は入れないから路地の敵を探せ

473：ライアン
>>471
あの罠、解除なり破壊なりすると結構ポイント貰えるらしいぞ

474：ブイン
>>472
長柄はどうすれば

475：みぞれだるま
>>473
デジマ!?
良しぶっ壊す！

476：カインド
師匠ちょっと待ってくれ、まだ爵位悪魔は倒さないで！

477：栞
爵位悪魔ァ！
何で部下引き連れて師匠襲ってるんだ、
全員返り討ちにされたらイベント終わるだろ！

478：ミック
流石に草

479：蘇芳
何かもう普通に一人で子爵級相手にしてるし……

480：志摩

あっ、オワタ

481：ruru

ししょおおおおおおおおおおおおおおおおおお

482：まりも

ああ、もう倒しちゃったのかー……

その割には雑魚悪魔消えないな？

483：アイゼンブルグ

お、ロスタイム？

まだ稼げる!?

484：シュレン

お、イベント通知

目標変更？

485：渚

『目標：伯爵級悪魔ヴェルンリードの討滅』

……これベーディンジア戦のラストまで行くんじゃん!?

486：まにまに

いきなり倒しちゃったかと思ったけど、あれ分身なのかえ、分身であんな魔法撃ってくるの？

487：えりりん
>>485
いや朗報だ、まだ稼げる！

488：朝夷衣
よっしゃ、ベルゲンにいる悪魔全部狩り尽くすぞ！
ポイントが待ってる！

489：蘇芳
あ、生産職が一気に建物の復旧を始めてる……

490：SAI
そうか、生産職のポイント稼ぎはここからなのか
商会長はあらかじめ用意してたなこれ

【伯爵悪魔】ワールドクエスト『駆ける騎兵たち』スレ Part.3【討滅戦】

001：Guo
開催時期指定ワールドクエスト『駆ける騎兵たち』について
相談、連絡を行うスレ。
次スレは>>950踏《ふ》んだ人にお願いします。

前スレ
【ベルゲン解放戦】ワールドクエスト『駆ける騎兵たち』スレ Part.2【作戦開始】

====================（略）====================

156：蘇芳
何か師匠たちがとんでもないものをトレインしてきたんだが

157：エレノア
言われた通り準備しておいたけど、あんなものどうしろと

158：Fubuki
悪魔ってもっと人間っぽいんじゃなかったのか

159：ruru
一応、スペックはある程度送られてきたけど、何あの化け物

え、どうやって倒せと？

160：スカーレッド
>>157
翼に穴開いてるので、頑張って叩き落としてください
どうせあの人が何とか隙を作るでしょう

161：影咲
おー、凄い上昇機動

162：蘇芳
うわぁ、障壁ぶった斬ったぞあの人

163：ruru
うおおおおおおおおおおお、一斉射撃すげえええええええ！

164：いのり
堕ちた！

165：ゼフィール
騎士団の連中、本当に動くの早いな

166：小十郎

師匠が成長武器解放してるせいで近づきづらいんだが

167：SAI
>>166
でもあのスリップダメージが一番削れるんだよなぁ

168：豆大福
めっちゃ魔法強い、石化の光線出してくる、体も頑丈
どうしろと

169：リリエル
騎士団の人たちめっちゃ頼りになるんだが、
同時にめっちゃ心臓に悪い
止めて、死んだらちょっと心が痛い！

170：ruru
続けー！　大ボスだぞ大ボス！

171：蘇芳
キャメロットの行動めっちゃ早いわ!?

172：えりりん
現地騎士団とキャメロットと師匠パーティの集中攻撃で、
一番減ってるのが師匠のスリップダメージとか、

攻撃効いてるんだろうかこの化け物

173：ゼフィール
近接でダメージを与えたらこっちが毒受けるのか？

174：ニジマス
魔法の威力やべえんだけど!?
直撃したら死ぬわあんなの!?

175：ミック
石化する光線とかマジで洒落にならん

176：SAI
ヘイト取ってくれないとマジで死ぬわこれ

177：いのり
>>174
正面から挑んだらマジで死ぬよ
それ出来るのは一部の怪物のみだよ

178：蘇芳
止めろォ、この攻撃力でヘイト無視全体は洒落にならん!?

179：金管魂
死に戻ったあああああああああああああああああ

180：影咲
死ぬしぬしぬぅ!?

181：スキア
一方、師匠はバジリスクの背中に跳び乗っていた
薙ぎ払ってきた尻尾《しっぽ》を足場にしたのかアレ

182：マリン
彼はいい感じにダメージ与えてくれるなぁ……
で、そろそろＨＰ1本目だけど

183：蘇芳
あっ、ぶっ飛ばされた

184：ミック
遠距離で削っとけばよかったものを……

185：ゼフィール
>>183
足並み揃えられない連中はいるだけ邪魔だから別にいいわ

186：710
ぶっ

187：SAI
は？　分身？

188：蘇芳
この期に及んで増えるとかどういうことですかねぇ!?

189：えりりん
ヘイト管理がががががが

190：影咲
……流石にキャメロットでも二体は引き受けられない

191：ミック
あ、師匠が再アタック
って何だあの協力ジャンプ

192：マリン
あっ、あの毒残してたんだ

193：橘
うおっ!?
何だ、悪魔の首が溶けた!?

194：ruru
これはいつものやつの気配

195：蘇芳
あああ、稼ぐどころじゃない、生き残るだけで精一杯！

196：ハル
今度は一般的な協力ジャンプだったけど、
どっちにしろ普通ではない

197：SAI
忍
殺

198：影咲
え、首半分取れてるのにまだ生きてる？

199：ミック
やっば、刀刺さったままじゃん！
師匠死ぬ!?

200：蘇芳
いや、背中の刀抜いたぞ

201：スキア
行けるか？　行ける？
あそこから鉤縄ジャンプ!?

202：マリン
ああ危なっかしいなぁちょっと！

203：SAI
不
死
斬
り

204：ソラール
斬ったあああああああああああああああああああああああああ

205：蘇芳
うおおおおおおおおおおおおおおおおおおおおおおおおおおおおお

206：ミック
すげえええええええええええええええええええええええ!!!! １１

207：ゼフィール
戦闘終了！
素直に凄ぇけどもう稼げないじゃんか畜生

第十八章　報酬の選択

イベントを終えた日はそのままログアウトし、翌日。俺《おれ》は、決戦の場となったベルゲンの中央広場辺りにログインした。

今回は、前回のイベントのように成績順位が発表されるわけではない。それぞれが稼いだポイントを用いて、専用のウィンドウからアイテムと交換《こうかん》するだけだ。まあ、あの煩《わずら》わしい視線に晒《さら》されなくて済むというだけ、マシであるとは思うのだが。

ともあれ、どのようなアイテムと交換できるのかは気になったものの、路上であれこれやるには流石に視線が多い。話しかけられても面倒《めんどう》であるし、俺は緋真《ひさな》たちを引き連れて、さっさと『エレノア商会』の店舗《てんぽ》に移動することにした。

ちなみに、店とは言うものの、現状ベルゲンの建物は復旧している途中《とちゅう》のものが大半だ。そのため、エレノアは久方ぶりの巨大《きょだい》な天幕を用いて商売を行っていた。

多くの生産職は街の復興に駆り出されており、『エレノア商会』にしては人が少ない。だがそれでも、主要な生産メンバーはこの場に揃っているようだ。

「よう、忙《いそが》しそうだな、エレノア」

「ええ、お陰様《かげさま》でね……まあ、アルトリウスの口車に乗った以上、私が言えた口じゃないけれど」

天幕の中で各員に指示を飛ばしていたエレノアは、若干恨《じゃっかんうら》めし気《げ》な視線をこちらに向けつつも、嘆息《たんそく》しながらそう口にする。そんな彼女《かのじょ》の言葉に首を傾《かし》げていると、隣《となり》の緋真が苦笑《くしょう》を交えつつ声を上げた。

「先生、今回のイベントって、本当ならもっと時間をかけて戦うものだったんですよ」

「ん？　ふむ……ベルゲンでしばらく迎撃《げいげき》してからヴェルンリードに挑むってことか？」

「ええ、数日かかることも見越《みこ》したイベントだった、というのが大多数の見解です。けど、アルトリウスさんたちと一緒《いっしょ》にヴェルンリードを引っ張り出しちゃったじゃないですか」

「思ったよりも早く終わっちまったってことか」

街の復興やらアイテム支援《しえん》やらを行うことでポイントを稼ごうとしたのだろう。それが、俺たちがさっさとヴェルンリードを片付けてしまったせいで、稼げる時間が減ってしまったようだ。

とはいえ、エレノア自身アルトリウスの作戦には賛同した上で参加した。そうである以上、現状に対する文句もつけられないのだろう。

「……まあ、生産系には多少ロスタイムもあったし、戦闘《せんとう》系に引けを取るポイントではなかったからいいのだけどね。それで、今日は何の用かしら？　装備の修復？」

「ああ、それもあるが……とりあえず、報酬の確認《かくにん》だな」

全員分の装備を一旦《いったん》予備の装備に変更し、従業員に預ける。

餓狼丸《がろうまる》についてはまだ経験値が溜《た》まり切っていないし、そもそも次の強化の素材が無いため強化はできない。久方ぶりに太刀《たち》だけを佩《は》いているとどうにも軽く感じてしまうが、それもしばらくの辛抱《しんぼう》だろう。

「報酬ね。そういえば、貴方《あなた》たちは何を交換するの？　というか、幾《いく》らぐらい稼いだの？」

「ふむ……俺は８０００ポイントぐらいだな」

「……私、５０００ぐらいなんですけど」

「こっちもギリギリ５０００ね。大物狩りは効率が良かったのかしら」

詳細《しょうさい》なポイントの内訳までは表示されていないため分からないのだが、俺の総ポイント数は７９２４だ。支援の類のポイントはほぼ無いが、『爵位悪魔』に割《わ》り振《ふ》られているポイントが七割以上である。

どうやら、ヴェルンリードに割《さ》かれているポイントはかなりの量であったようだ。恐らく、共にヴェルンリードとの戦闘を長時間繰《く》り広げた『キャメロット』の面々も、かなりのポイントを稼いでいることだろう。

驚《おどろ》いたのは、アリスのポイントだ。アリスの場合はあまりヴェルンリードとの直接戦闘には参加していない。後半は戦っていたものの、前半の内はヴェルンリードと顔を合わせてすらいなかったのだが。

「アリス、お前さんの内訳はどうなってるんだ？」

「え？　『爵位悪魔』が半分、後は『ギミック解除』が半分……後の端数《はすう》はその他ってところだけど」

「ああ、あの魔法陣《まほうじん》の解除か。俺はパーティを共有しただけだから大して入っていないようだが……」

「それだと、マリンさんと高玉さんはかなり稼いでいそうですね」

ヴェルンリードが宝石像から魔力《まりょく》を吸収するために仕掛《しか》けていた魔法陣。あれを解除しなければ、実質ヴェルンリードを倒すことは不可能だっただろう。そう考えれば、それだけ大量のポイントが割り振られていたことも頷《うなず》ける。

しかし、今考えると本当に綱渡《つなわた》りだったな。

「何にせよ、あの悪魔と戦った貴方たちは随分《ずいぶん》と稼げたみたいね。ってことは、成長武器と交換するの？」

「俺は流石に餓狼丸以外は要《い》らんがなぁ……」

成長武器の取得ポイントは５０００点だ。つまり、ほぼ全てを消費するが、緋真とアリスは成長武器を取得できる。俺も取得することは可能であるが、流石に二つも成長武器を管理できる気がしない。

成長武器は使わなければ経験値を取得できないのだ。メインで使っている太刀ならばまだしも、他の野太刀《のだち》や小太刀《こだち》では使用頻度《ひんど》が低すぎる。それでは、上手《うま》いこと成長させることができないだろう。一方で、他の二人であるが――

「ええ、私は勿論《もちろん》、取得するつもりです」

「私もね。せっかくの機会だし、一度取っておけばずっと使えるでしょう」

どうやら、二人は取得するつもりであるらしい。

二人のポイントの場合、成長武器を取得したらほぼ端数しか残らない。今回の二人のイベント報酬は、ほぼそれだけになることだろう。

さて、それはそれとして、果たして俺はどうしたものか。

「先生は何を取るんですか？」

「ふむ……とりあえず、一つはプラチナスキルオーブにするか」

交換ポイントは３５００点、取ろうと思えば二つ取れるのだが、今はスキル枠《わく》に空きがない。俺はあと一つレベルを上げれば枠が増えるし、その分だけで十分だろう。

後は何を取得するかと、順番にリストを眺《なが》めていく。その間に、二人はどうやらポイント交換を完了《かんりよう》させていたようだ。

「お、来ました来ましたよ、先生！」

「ふぅん……専用の装備っていうのは、ちょっと心が躍《おど》るわね」

弾《はず》んだ声に視線を向ければ、そこにはそれぞれ新たな武器を手に笑《え》みを浮《う》かべる二人の姿があった。緋真の手にあるのは、赤く花が散るような装飾《そうしょく》の鞘《さや》に収まった一振《ひとふ》りの刀。

そしてアリスの手にあるのは、鞘から柄《つか》まで全てが黒く染まった短剣《たんけん》だった。

試《ため》しにと抜き放った緋真の刀は、打刀のサイズでありながら、切っ先は鋒両刃造《ほこりようば》という奇妙《きみよう》な代物《しろもの》だ。あれは――

「重國《しげくに》の散華《さんげ》天宗《てんそう》か。あのジジイ、やはり読んでやがったな」

俺がぽつりと呟《つぶや》いた言葉は、どうやら刀に集中している緋真には届かなかったようだ。

あれは、天狼丸重國《てんろうまるしげくに》を打った刀匠《とうしょう》の作品の一つ、打刀の大きさで天狼丸を再現しようとした一振りだ。天狼丸にこそ及ばないが、これも十分すぎる名刀だと言える。緋真もその違《ちが》いが分かったのだろう、息を飲んで刀を凝視《ぎょうし》しているようだ。

一方で、アリスが手に入れたのは、刀身まで真っ黒な短剣だ。若干紫《じゃっかんむらさき》の光沢《こうたく》を持つ短

剣は、ひどく妖《あや》しく恐《おそ》ろしげな印象を受ける。流石にこちらまでジジイが関わっていると
いうことは無いだろうが、中々に強い気配のある刃《やいば》だ。
「『紅蓮舞姫《ぐれんまいひめ》』と『ネメの闇刃《あんじん》』ねぇ……効果はどんなもんなんだ？」
「ええ、ちょっと見てみてくださいよ」
言いつつ、緋真は己《おのれ》の成長武器を俺へと示す。武器自体の性能は、まだ★1であるため
大したことは無いだろう。だが、成長武器には解放がある。こいつらの武器の力は、果た
してどのような物なのか。

■《武器：刀》紅蓮舞姫　★1
攻撃力：24
重量：13
耐久度《たいきゅうど》：-
付与《ふよ》効果：成長　限定解放
製作者：-

■限定解放

⇓Lv.1：緋炎散華《ひえんさんげ》（消費経験値10％）
攻撃力を上昇《じょうしょう》させ、攻撃のダメージ属性を炎《ほのお》・魔法属性に変更《へんこう》する。
また、発動中に限り、専用のスキルの発動を可能にする。
専用スキルは武器を特定の姿勢で構えている状態でのみ使用可能。
↓Lv.1：緋牡丹《ひぼたん》
上段の構えの時のみ使用可能。
斬りつけた相手に周囲から炎が集まり、爆発《ばくはつ》を起こす。

緋真の紅蓮舞姫は、餓狼丸よりはよほど素直な性質を持っているようだ。

純粋《じゅんすい》に攻撃力を上昇し、ダメージ属性とやらを変更する。まあ、通常の攻撃が炎の魔法《まほう》扱《あつか》いになるということだろう。ついでに、専用のスキルが使えるようになるとのことだが……これだけだと良く分からんな。

「実際に使ってみないことには何とも言えんな」

「ですね。まだ最初だからあんまり攻撃力も高くないですけど」

「次に行くまでに★3ぐらいにはしておきたいところだな。それで、アリスの方はどうだ？」

「面白《おもしろ》そうだけど、こっちも使ってみないと良く分からないわね」

そう口にして、アリスは片手に持った刃を俺へと示す。

光を当てるとわずかに紫色《むらさきいろ》に見えるが、その輝《かがや》きは随分と鈍《にぶ》い。殆《ほとん》ど光を反射しないそれは、闇夜《やみよ》の中では一切《いっさい》目に映らないだろう。

■《武器：短剣》ネメの闇刃　★1
攻撃力：20
重量：10
耐久度：-
付与効果：成長　限定解放
製作者：-

■限定解放
⇓Lv.1：暗夜の殺刃（消費経験値10％）
発動中は影《かげ》を纏《まと》った状態となり、敵から認識《にんしき》されづらくなる。
また、発動中に限り、認識されていない相手に対する攻撃力を大きく上昇させる。

更《さら》に、五秒に一度、一秒前にいた場所に幻影《げんえい》を発生させる。


「暗殺特化とは、都合のいいことではあるが……幻影？」

「どういう状態なのかしらね？　まあ、相手の意識を逸《そ》らせるのなら便利だとは思うけど」

「ふむ……ちょいと経験値を溜《た》めて試してみるべきか。★1の状態なら、10％なんてすぐに溜まるだろ」

緋真の紅蓮舞姫、アリスのネメの闇刃、どちらも成長武器ならば強力な効果である筈《はず》だ。その力を使いこなすためにも、まずは試してみなくては。

まあ、まずはその前に、俺の報酬をさっさと決めてしまわなくてはならないのだが。しかし、スキルオーブ以外に欲《ほ》しいものがあるわけでもなく、装備の類も特に不満は――

「……いや、そうだな」

ちらりと背後へ視線を向け、小さく笑う。その先にいたルミナ、そして天幕の外で伏《ふ》せながら顔だけ覗《のぞ》かせているセイランは、俺の表情に対してキョトンと目を見開いていた。

第十九章　従魔たちの装備

■《武器：刀》精霊《せいれい》刀
攻撃力：??
重量：14
耐久度：100%
付与効果：魔力変換《まりよくへんかん》
製作者：-

■《装備：騎獣《きじゆう》》琥珀飾《こはくかざ》りの手綱《たづな》
魔力の篭《こも》った琥珀《こはく》によって装飾されている騎獣用の手綱。
騎獣に装備させることにより、騎獣の移動速度を上昇させる。

刀が2500ポイント、手綱が1500ポイント、合わせて4000ポイント。スキルオーブで3500ポイント消費したため、これでほぼすべてポイントは使いきった。端数は消費アイテムで適当に埋《う》めつつ、手に入れたアイテムを確認する。

精霊刀は、交換アイテムの中では最も高い刀だった。だが、攻撃力自体は見えていない。一体どういうことなのかと確認してみれば、どうやらこの刀、使い手のステータスに応じて攻撃力が変化するらしい。どうやら、使い手のINTのステータスを基に攻撃力を算出するようだ。

特に、ルミナはINTの数値が高い。こいつならば、高い効果を発揮することができるだろう。

「よし、ルミナ。これを装備してみろ」

「それは……よろしいのですか、お父様。お父様が交換されたものなのですよね？」

「構わんさ。お前たちが戦った分も、多少はポイントに換算《かんさん》されているようだしな」

テイムモンスターたちの戦果は、その全てが俺のポイントとして換算されているわけではない。どうやら、その一部のみが主人である俺のポイントとして割り振られるようだ。

運営もその辺りのバランスには苦心したのだろうが――何にせよ、ルミナたちの奮戦があったからこそ、二つの装備を手に入れることができたのだ。そもそも俺たちには成長武器があるのだから、これはルミナが使う以外に使い道はないのだが。

「とりあえず、装備してみろ。お前にはそれなりに良い効果のはずだ」

「……分かりました。ありがとうございます、お父様」

俺の言葉に遠慮《えんりょ》がちながら頷き、ルミナは精霊刀を手に取る。

白塗《しろぬ》りの鞘をしばし眺めたルミナは、ゆっくりと刀を立て、その刃を抜き放った。現れたのは、刃紋《はもん》の美しい一振りの刀。芸術品の如き様相ではあるが、その刀身はルミナの魔力を纏い、うっすらと尾《お》を引くように輝いている。

■《武器：刀》精霊刀
攻撃力：52
重量：14
耐久度：１００%
付与効果：魔力変換
製作者：-

ルミナのステータスを反映して、武器の性能が変化する。ふむ、これは——

「かなりの攻撃力だな……餓狼丸の基礎攻撃力《きそこうげきりょく》すら超《こ》えているか」

「ほ、本当によろしいのですか？」

「構わんと言ってるだろうに。いいから気にせず使っておけ」

確かに強力ではあるが、成長武器のような特殊《とくしゅ》能力があるわけではない。ルミナのステータスならば扱《あつか》いやすい、というだけの装備だ。物理攻撃力は若干控《じゃっかんひか》えめであるし、こういった底上げがあってもいいだろう。

そして、セイランのために取得した手綱であるが、どうやらこれは現在装備している翡《ひ》翠飾《すいかざ》りの手綱の上位互換《ごかん》であるようだ。

効果は移動速度の上昇。要するに、より走るのが速くなるわけである。ただでさえ速いセイランであるが、これがあればさらに強化されることになるだろう。

速さとは一つの力だ。スピードは運動エネルギーに、ひいては破壊力《はかいりょく》に直結する。無論、それは諸刃《もろは》の剣《つるぎ》ではあるが、使いこなせれば強力な力となるだろう。

「うむ……緋真、こっちの手綱はお前が使うか？」

「いいんですか？　先生が拾ったものですけど」

「二つあっても使わんからな」

着けておくだけで騎獣の移動速度を上げてくれる手綱だ。元々ペガサスよりもセイランの方が速いこともあり、あまり速度に差が出すぎると普段《ふだん》の移動にも影響《えいきょう》が出るだろう。

こうなると、通常の移動にはアリスをセイランに乗せた方が良いかもしれないな。まあ、それは実際に移動してから考えてみるとしよう。

手綱を緋真に手渡《てわた》し、修理されて戻ってきた装備品を受け取る。

「よし……じゃあ、行くとするか」

「そういえば、貴方たちはこの後どうするの？」

「うん？　そりゃ、先に進むんだが」

「相変わらずね。けど、行先は二つあるわよ？」

「……何？」

エレノアの言葉に、思わず眉根《まゆね》を寄せる。

この国での戦いは終わった。ヴェルンリードを排除《はいじょ》し、蔓延《はびこ》っていた悪魔の勢力は一掃《いっそう》できたと言える。勢力図で見ても、ベーディンジアは白く染まり切っている。以前のような居残りの悪魔がいるというわけでもなく、悪魔の勢力は綺麗《きれい》に消え去っていた。

となれば、最早《もはや》この国に居座《いすわ》る用事はない。いや、覇獅子《はじし》を相手に鍛《きた》えるという手もあるが、流石にもう十分だろう。そうなれば、向かうべきが次の国だが――

「そうか、隣接《りんせつ》している国が二つあるんだったな」

「ええ、北にあるアドミス聖王国、そして東にあるミリス共和国連邦《れんぽう》。プレイヤーたちには二つの選択肢《せんたくし》が提示されているわ」

そう言いつつ、エレノアは机の上に地図を広げる。大陸の中心にある大国、アドミス聖王国。そして、大陸の東海岸に若干《じゃっかん》細長く配置されているのがミリス共和国連邦だ。

「一体どういう国なんだ？」

「そうね……アドミス聖王国は、女神《めがみ》アドミナスティアーを信奉《しんぽう》する教会の元締《もとじ》めね。この世界においては最大の宗教だし、国としての勢力もかなりのものよ」

「けど……この国って、確か」

「ええ、勢力図から鑑《かんが》みて、最悪の戦況《せんきょう》ね。既《すで》に滅《ほろ》んでいてもおかしくないんじゃないかしら。まあ、流石に情報を仕入れられないから何も断定はできないのだけど」

勢力図において、聖王国は真っ黒に染まっていた。そこから北の国々も同様であるが、間違《まちが》いなくこの国において人類は劣勢《れっせい》に立たされているということだろう。

対し、ミリス共和国の方であるが――

「東の方は、まだマシな状況《じょうきょう》だった覚えがあるぞ？」

「ええ、そうね。あちらの勢力図はまだグレーだったし……あまり強い国というわけでもないのだけれど、どうやって防いでいるのかは謎《なぞ》ね」

「成程《なるほど》……そっちが順路なんですかね？」

「順当に行くならば、だけど……ミリスに対処している内にアドミスが落ちている可能性は高いでしょうね」

エレノアの言葉を聞き、しばし黙考《もっこう》する。

北の聖王国は、ほぼ滅びかけている状況と言っていいだろう。無論、直接目で確かめたわけではないため、断言はできないのだが――何にせよ、それを放置するというわけにもいくまい。それに、根拠《こんきょ》のない推論ではあるが、一つ思いついたことがある。

「そちらの国は、第二陣《じん》向けという可能性はないか？」

「第二陣？　ああ……成程、そういう考え方もあるわね。確かに、いきなり悪魔の大勢力がいそうな場所に突《つ》っ込《こ》ませるよりは、そっちの方が気が楽だわ」

このベーディンジアでさえ伯爵級《はくしゃく》が出現したのだ。聖王国でも伯爵級が出現することはほぼ間違いなく……下手をすれば侯爵級《こうしゃく》が出現する可能性も十分にある。そんなところにゲームを始めたばかりの連中を放《ほう》り込むわけにもいかないだろう。

いや、うちの連中は放り込んでもいいかもしれんが――流石に厳しいか。

伯爵級と相対したからこそ分かる、《化身解放《メタモルフォーゼ》》を使った悪魔の力は段違《だんち》いだ。ある程度力を付けてからでなくては、戦うどころか逃《に》げることすらままならないだろう。

「ま、とりあえず北に……アドミス聖王国に行ってみるさ。共和国にはうちの門下生共を送り付けておく」

「それはそれで酷《ひど》いことになりそうね……方針は了解《りょうかい》したわ。こちらも北に行けるよう準備しておくから」

「頼《たの》んだ。どうなってるかは分からんから、慎重《しんちょう》にな」

「そこは貴方の情報に期待しておくわよ」

小さく笑うエレノアの言葉に、軽く苦笑を返す。同盟関係なのだ、何かあれば情報を共有しておくこととしよう。

ともあれ、次の目的地は北——アドミス聖王国だ。ひとまずミリエスタまで移動し、そこからアドミスへ通じる道の情報を探《さぐ》るとしよう。

「……そういえば、北でヴェルンリードに傀にされていた人々はどうなった？」

「悪魔を仕留めただけじゃ元には戻《もど》らなかったみたいだけど、解呪の魔法《まほう》で元には戻せているみたいよ。少しずつこちらまで移動してきているわ」

「成程、それなら問題はなさそうだな。それじゃ、とりあえずミリエスタの石碑《せきひ》を開通してくる」

「この際だから、色々やらかしてくれるのを期待してるわ」

エレノアの物言いには若干言いたいことはあるが……どうやら、とりあえずは安心のようだ。王子殿下《でんか》からの依頼《いらい》も果たせたであろうし、満足すべき結果だと言えるだろう。

とりあえず、借りていた腕輪《うでわ》は返さなくてはならないが……出発前にアルトリウスを探して預けておくべきか？

そう考えながら天幕の外に出たところで、伏せるセイランの前に屈《かが》みこむ人影《ひとかげ》を発見した。シルバーブロンドの女性だが、しゃがんでいるにしても中々身長が高い。

すらりとしたその姿は、若干宝塚《じゃっかんたからづか》的な印象を受ける。セイランを撫《な》でていた彼女は、俺の姿に気づくと爽《さわ》やかな笑みを浮かべながら立ち上がった。

「良いグリフォンだ。良く鍛えられている……貴公がクオンかな？」

「……その通りだが、貴方は？」

「失礼、私はリーシア。リーシア・カルロ・ベーディンジア。このベーディンジア王国の第一王女だ」

その言葉に、思わず眼を見開く。

王女でありながら、将として前線に立ち続けた変わり者。姫将軍《ひめ》――そして、あのヴェルンリードに敗れ、宝石の像へと変えられていた人物。

確かに、アルトリウスたちによって救出されていてもおかしくはないが、まさかいきなり姿を現すとは思わなかった。

「失礼、王女殿下がこのような場所にいるとは思わなかったもので」

「ああ、畏《かしこ》まらなくてもいい。私は所詮《しょせん》、一介《いっかい》の将兵に過ぎんさ。それより、貴公には礼を言いたかったのだ。私を助けてくれたこと、感謝している」

まさか、わざわざ礼を言うためにここまでやってきたのだろうか。一介の将兵と言うが、将であることは間違いない。とんでもない地位に就《つ》いている人物だろうに。

しかし、中々我の強そうな人物だ。まあ、王族でありながら最前線で戦おうとする奇特《きとく》な人物である時点で、今更《いまさら》と言えば今更なのだが。

「いいえ、礼には及《およ》びません。こちらはただ、斬《き》るべき悪魔を斬っただけ。貴方を救出したのはアルトリウスで、貴方の救助を願ったのは、貴方の弟君です」

言いつつ、俺は第一王子から預かっていた腕輪を彼女へと差し出す。対する王女殿下は、俺の手からそれを受け取りつつも首を横に振った。

「だが、貴公があの悪魔を討《う》たねば、私はここにはいない。せめてもの礼だ、受け取って欲しい」

そう言いつつ彼女が差し出してきたのは、紫色の宝玉だった。思わず反射的に《識別》し――俺は、その結果に思わず眼を見開いた。

■嵐王《らんおう》の宝玉：素材・イベントアイテム
嵐王の系譜《けいふ》にあるグリフォンの心臓が結晶化《けつしょうか》したもの。

強大な嵐属性の魔力を有している。

これを有するグリフォンは、嵐王への進化を可能とする。


「これは……貴方の騎獣は、確か――」

「私の相棒は、あの悪魔《あくま》との戦いで命を落とした。言うなれば、これは形見だが……良いのだ、仇《かたき》を討ってくれた貴公にこそ、これを譲《ゆず》りたい」

どうやら、決意は固い様子だ。であれば、固辞するわけにも行かないか。

「謹《つつし》んで、お受けしましょう」

「……ありがとう。私は鍛え直《なお》しだ。いつか、貴公と轡《くつわ》を並べて戦えることを楽しみにしているよ」

やはり、多少は思うところがあるのだろう。だが、それでも笑みを浮かべた彼女は、そのまま踵《きびす》を返して立ち去って行った。

その背をしばし見送り、俺は仲間たちへと告げる。

「よし、行くとするか。聖王国に行くまでに成長武器の経験値を溜めるぞ」

「了解です。境界ボスに挑《いど》むまでに★3にはしたいですね」

ちらりと去っていく背中を見送った緋真は、調子を変えずそう口にする。その心遣《こころづか》いに小さく笑みを浮かべて、俺は北へと足を踏《ふ》み出した。

第二十章　二つの成長武器

『《回復適性》のスキルレベルが上昇しました』

『テイムモンスター《セイラン》のレベルが上昇しました』

ベルゲンを出て北上し、数戦。新しい武器の試しではあったが、それだけで、セイランとアリスのレベルが上昇していた。イベントの完了で経験値はすべて反映されていた筈だが、それでも結構な量を溜め込んでいたようだ。

「調子はどんなもんだ？」

「やっぱり、★１だと攻撃力《こうげきりょく》が低いですね。魔法があるから何とかなりますけど……それはそれとして、本当に扱い易《やす》いです。これが重國の刀なんですね」

「私はあまり気にならないわね。急所を突く分には、攻撃力の不足はそこまで問題にならないし」

「こちらは好調です、お父様。この刀のこと、とても気に入りました」

どうやら、新しい武器は彼女たちにも好評であるらしい。

ちなみに、セイランが走る速さは確かに以前よりも増していた。翡翠飾りからの交換であるため、そこまで大きな差を感じるわけではないのだが、初めて翡翠飾りを装備した時と同じ程度の速度の差は感じた。

素の状態と比較《ひかく》すれば、それなりの速度向上になっていることだろう。尤《もっと》も、当のセイランはあまり気にした様子もなく、いつも通り暴れまわっていたわけなのだが。

「さてと……次辺り、解放を試してみるか？」

「そうですね。★1ならすぐに経験値も溜まっちゃってますし……一回使っても、ミリエスタに着くまでに溜まり切りますよ」

「私も興味あるし、一度ぐらい使っておこうかしら」

どうやら、二人とも成長武器の性能には興味津々《きょうみしんしん》であるようだ。まあ、俺の餓狼丸のように扱い辛《づら》い能力というわけでもないし、もうちょっと気軽に扱える性能である筈だ。普段からどの程度使うかは分からないが、その詳細を確かめておくに越《こ》したことはない。

そうこうしている内に現れたのは、既に慣れ親しんだグルーラントレーヴェたちだ。街道《かいどう》沿いに進んでいると他の魔物《まもの》が出現する確率も高く、今の所は連続撃破《げきは》によるアルグマインレーヴェの出現には至っていない。

こいつらならば既に嫌《いや》というほど戦ったわけであるし、事故が起こる確率も低いだろう。

「よし、それじゃあ私から行きますね」

現れた魔物の姿に、緋真はうっすらと笑みを浮かべながら前に出る。戦意に燃える、僅《わず》かながらに歪《ゆが》んだ笑み――成程、いい表情をするようになってきたものだ。

そんな俺の感想を知ってか知らずか、緋真はどこか楽しげな様子で刀を、紅蓮舞姫を構える。そしてその口から唱えられるのは、刃の秘《ひ》めた力を解放するためのトリガーだ。

「焦天に咲《さ》け――『紅蓮舞姫』！」

紅蓮舞姫の限定解放スキル、《緋炎散華》。それを発動した刹那《せつな》、緋真の体が燃え上がった。否――紅蓮舞姫の刀身、そしてそれを構える緋真の腕《うで》までが炎に包まれたのだ。

その現象に、緋真は一瞬《いっしゅん》驚《おどろ》いたように体を硬直《こうちょく》させる。だが、それも一瞬。それが己を傷つけるものではないと理解した緋真は、すぐさま敵へと向けて踏み込んだ。

「ふ……ッ！」

縮地で踏み込んだ緋真は、そのまま横薙《よこな》ぎに刃を振るう。その軌跡《きせき》をなぞる様に炎が中空を走り、炎を警戒《けいかい》するグルーラントレーヴェの体を斬り裂《さ》いた。
★1であるため、攻撃力自体はまだ高くはない。だが確かに、先程《さきほど》までより大きく攻撃力が上昇しているようだ。恐らく、攻撃《こうげき》属性が炎の魔法になったことによって、《火属性大強化》のスキルの効果が乗っているのだろう。

これからスキルが育っていくこと、武器が育っていくことを考えると、解放中の緋真《ひさな》の攻撃力は今後大きく上昇していくことだろう。

グルーラントレーヴェの横を通り抜《ぬ》けながらその身を斬り裂いた緋真は、即座《そくざ》に反転して刃を上段に構える。今回手に入れた能力は、ただ成長武器を解放するだけではないのだ。

「――【緋牡丹】！」

炎を纏う刃は一直線に振り下ろされ――その刃が食《く》い込んだ瞬間《しゅんかん》、周囲に発生した炎が一斉《いっせい》にグルーラントレーヴェの体へと収束した。そして、一瞬だけその身を焼いたのち、大きな爆発を発生させる。

あれが解放中のみ使用できるスキル、ということだろう。どうやら、中々に高い威力《いりょく》を有しているらしく、グルーラントレーヴェはその一撃《いちげき》で消し飛んでいた。★1とはいえ、この威力は大したものだ。今後強化されていくことを考えると、かなりの期待が持てる。

「さて……それじゃ、私も行ってくるわ」

「ああ、そっちの方が良く分からん効果だったからな、しっかり確かめてくれ」

「了解よ。じゃあ――闇夜に刻め、『ネメ』」

ネメの闇刃の限定解放スキル、《暗夜《あんや》の殺刃《さつじん》》。何とも物騒《ぶっそう》な名ではあるが、成長武器の解放であればかなり強力な効果であろう。

それを発動した瞬間、アリスの全身は黒い靄《もや》のようなものに包まれた。

「あら、これは……」

「また、不思議な姿になったものだな」

「ふーん……あら、姿がブレてる？」

「それが幻影とやらじゃないのか？　移動していないから同じ場所に表示されているだけだろう」

「ああ、そう言えばそんな効果だったわね」

確か、五秒に一回、一秒前にいた場所に幻影を発生させるんだったか。今は移動していないから、アリス自身と幻影が重なって表示されているのだろう。

黒い靄を纏うアリスの姿は、目の前にいるというのに随分と存在感が薄い。普通《ふつう》に立っているだけだというのに、また随分と面白い効果だ。

「ふぅん……とりあえず、試してみるわ」

呟いて、アリスは前に踏み出す。その踏み込みには音が発生しない。どうやら、足音を小さくする効果もあるようだ。

暗殺には持って来いの効果であるが……気づかれていない相手に対する攻撃力が大きく上昇するという効果もあるし、果たしてどの程度威力が上がっていることやら。

まあアリスの場合、そもそも暗殺の時点でほぼ即死《そくし》させているため、この辺りの相手にはあまり効果を実感できないかもしれないが。

影を纏って駆《か》け出したアリスは、更に《隠密行動《おんみつこうどう》》のスキルを発動させて存在感を消す。そのまま回り込むように移動したアリスは、背後からグルーラントレーヴェに刃を突き刺《さ》した。瞬間、ライオンの体はびくりと震《ふる》え、そのままその場に倒《たお》れ伏《ふく》す。

急所への一撃ではなかったが、どうやらそれだけで殺し切れる威力であったようだ。その間にも緋真は刃を振《ふ》るい、次々とグルーラントレーヴェたちを仕留めていく。

【緋牡丹】は最初の一度以外は使っていないところを見ると、どうやら連発できるものではないようだ。【命輝《めいき》一陣《いちじん》】などと同じように、そこそこのクールタイムがあるということだろう。

「お姉様たち凄《すご》いですね、まだ攻撃力が低い状態なのに。強化されたらさらに強くなるんですね」

「そうだな。緋真の解放スキルの説明を見た感じ、レベルが上がるごとに【緋牡丹】のようなスキルが増えそうな気配もあるし、期待できそうだ」

今は【緋牡丹】しかないため連発できないが、あれが増えれば戦い方も変わってくるだろう。

アルトリウスのコールブランドのような純粋強化、俺《おれ》の餓狼丸《がろうまる》のような搦め手《からて》――緋真の紅蓮舞姫は、その中間にあるような武器だと言える。そしてアリスについては更なる例外だ。あれは特化型と言うべき強化である。まあ、例も何も、まだ成長武器の例が少なすぎるのだが。

そうこうしている内に、緋真たちはグルーラントトレーヴェの群れを片付け終わっていた。それと共に、二人の体を覆《おお》っていた炎や影が消え去る。その状態で己の武器を見下ろしている二人に、俺は軽く笑みを浮かべながら声を掛《か》けた。

「扱ってみた感想はどうだ？」

「いい感じですよ。結構火力も上がってますし、武器の強化ができればかなり期待できますね」

「こっちの火力は正直あんまり気にならないのだけど……この影の効果は面白いわね。物《もの》陰《かげ》も使わずに接近したのに、全然気づかれなかったわ」

どうやら、十分に手応えはあったようだ。この調子ならば、今後も十分扱えるだろう。★3まで強化すれば、現段階においても十分切り札としての運用ができるはずだ。

「よし、扱えそうならば問題はない。ミリエスタまで行ったら石碑を使ってベルゲンに戻り、成長武器を強化するぞ。アドミスに行くまでに★3にはしとかんとな」

「そこまで急がなくてもいいんじゃ……と言いたいところだけど、次の国に行くのにボスを倒さないといけないのよね」

「だな。もしかしたらアルトリウスのところでもう挑んでいるかもしれんが」

現状、どのようなボスが道を塞《ふさ》いでいるのかは不明だ。今のところボスを倒したというアナウンスは流れていないし、仮に『キャメロット』が挑んでいたとしてもまだ倒されてはいないのだろうが……さて、果たして何が待ち受けていることやら。

だがどのような敵であれ、北にはさらに強大な悪魔が待ち構えていることは間違いない。可能な限りの強化を行っておくべきだろう。

「とりあえず、ミリエスタには『キャメロット』の連中がいるんだろう？　話を聞くぐらいはできるだろうさ」

「ですね、情報は集めておきましょうか。それに……先生、もうそろそろレベル50ですしね」

「ここの所強敵とばかり戦っていたから、上がるのが速いわね」

アリスの言葉を否定しきれず、苦笑《くしょう》を零《こぼ》す。

カイザーレーヴェや爵位悪魔《しゃくいあくま》など、最近は強敵ばかりと戦っていた。レベル50になれば新たなスキル枠も増えるし、プラチナスキルオーブで取得するスキルも考えておいた方が良いだろう。

まあ、前回から変わっていないのであれば、取りたいスキルもあまりあるわけではないのだが。例の《宣誓《せんせい》》とやらも少々気になるが、さて何を取ったものか。

「……ま、スキルの追加については追々だな。経験値を溜《た》められたら、さっさとミリエスタまで行ってしまおう」

「はーい。じゃ、その辺の敵を探してきましょうか。経験値溜め切ったら騎獣で移動しちゃいましょう」

緋真の言葉に頷《うなず》き、街道から外れて歩き出す。

新たなスキル、成長武器の強化――どちらも楽しみだ。北のボスに会う前に、万全《ばんぜん》の態勢を整えておくこととしよう。

第二十二章　北への準備

ミリエスタの街は、まさに復興中と言わんばかりの状態だった。

一応石碑は稼働《かどう》していたため、ベルゲンに移動するのに困りはしなかったが、街としての機能はほぼ果たしていない状態だ。

街道を進んでいると時折馬車とすれ違《ちが》っていたが、あれは宝石像にされていた民を運んでいるところだったのだろう。街がこの状況では、そのまま暮らすことなどできはしまい。

果たして、どれだけの数が生き残ったのかは不明だが……生き残った者は全員、他の街に運ばれるのだろう。

街中に配置されていた宝石像たちは、まとめて一か所に集められ、プレイヤーや国の魔《ま》法使《ほうつか》いたちによって呪《のろ》いを解かれている最中のようだ。その陣頭《じんとう》指揮を執《と》っているのは国の騎士団《きしだん》のようだが、その近くにはちらほらと見知った姿を発見することができた。どうやら、アルトリウスたちは最後まで彼《かれ》らの面倒《めんどう》を見るつもりであるらしい。しかし――

「こうしてみると、あの悪魔の趣味《しゅみ》もある意味では好都合だったということか」

ベルゲンへと戻った緋真たちが帰還《きかん》するのを待ちながら、俺はぼんやりと呟《つぶや》く。

ミリエスタに到着《とうちゃく》し、即座に帰還して成長武器を強化した後、俺たちは街の周囲で成長武器の経験値溜めを行っていたのだ。その結果、二人の成長武器は★2での経験値を溜め切り、★3への強化を可能とした。

そこまでの戦闘《せんとう》にはそこそこの時間を要したが、先に進む分にはまだ余裕《よゆう》がある。今日中に北のボスを倒し、アドミス聖王国に入りたいものだ。

俺が視線を向けている先には、あくせくと働くマリンの姿がある。『キャメロット』の部隊長である彼女《かのじょ》は、《聖魔法》――いや、《神聖魔法》に最も通じたプレイヤーの一人であると言っていい。その技術を駆使《くし》し、マリンは石化した人々の治癒《ちゆ》に当たっているのだ。

ヴェルンリード以外の悪魔に襲《おそ》われた者は、恐《おそ》らく殺されてしまったのだろう。奴《やつ》の能力が宝石化だったから、そしてそれをそのまま飾《かざ》るという趣味を持っていたから、彼らは奇跡的《きせきてき》に命を拾うこととなった。それが幸運であったかどうかは、正直分からないが。

と――そこでふと、横合いからこちらに近づいてくる気配に気が付いた。視線を向ければ、こちらへと歩を進めてくる一人の小人族《ハーフリング》の姿が目に入る。あの神経質そうな表情、見《み》間違《まちが》える筈もない。アルトリウスの副官であるKだ。

「戻られていたのですね、クオン殿《どの》。既に北に向かっているのかと」

「その前に、緋真たちの成長武器を強化しておきたかったからな」

「成程……★3程度までであれば、素材に困ることもないでしょうからね」

成長武器の強化には、それぞれ特定の素材が必要となる。だが、ある程度の素材はエレノア商会でも十分に揃《そろ》えることができる。

俺の餓狼丸についても、覇獅子の剣牙《けんが》以外はエレノア商会で保有していた素材を利用したのだ。まあ、あの牙《きば》も今では既に余り気味であるのだが。

「そっちも、結構成長武器を取得したんじゃないのか？」

「ええ、貴方《あなた》がたと北へ向かったメンバーは取得できていますよ。アルトリウスは、二つも必要ないと言っていましたがね」

「ま、そうだろうな。こいつは二つあっても持て余す代物《しろもの》だ」

餓狼丸を見下ろしながら、俺はKの言葉に同意する。どうやら、アルトリウスも俺と同じ考えであったようだ。尤も、その結論に至った経緯《けいい》は異なるのであろうが。

俺にとっては、餓狼丸を――天狼丸重國《てんろうまるしげくに》を振るえるというだけで十分なのだ。状況に応じて他の刀を使うことはあれど、メインとして使うのは餓狼丸だけでいい。

「ところで、K。『キャメロット』はまだ北には向かっていないのか？」

「ええ、この国でやり残したことがまだ多いですからね。とはいえ、先遣隊《せんけんたい》は既に送っていますが」

「積極的に倒すつもりはない、と」

「その通りですね。しかし、他のプレイヤーも気の早い者たちは既に向かっています。今のところ、攻略《こうりゃく》したというアナウンスはありませんがね……急いだ方が良いのでは？」

「別段、一番乗りにこだわっているってわけじゃないんだが」

確かに何かしらの特典はあるのだろうが、今までのイメージから、そこまで強力なアイテムが出るという印象はない。どちらかというとイベントアイテムが出現する印象の方が強いほどだ。まあ、俺たちが辿《たど》り着くまで誰《だれ》も倒していないというのであれば、他に譲ってやる理由もないのだが。

「それで、ボスはどんな魔物なんだ？」

「巨大《きょだい》なゴーレム、『マウンテンゴーレム』です。ゴリラみたいな格好をした……確か、四メートルぐらいはあるゴーレムですね」

「そりゃまた、面倒《めんど》そうな相手だな」

空を飛び回るグリフォンほどの厄介《やっかい》さはないだろうが、その大きさはそれだけで面倒だ。とはいえ、ゴーレムはゴーレム。そこまで苦戦するような相手には思えないのだが、何か特殊な能力でもあるのだろうか。

そんな俺の疑問を察したのだろう、Kは苦笑交じりに声を上げる。

「マウンテンゴーレムは、全身が岩でできているくせに、動きがやたらと速いんですよ。距離《きょり》が開いているからと油断できない相手ですね」

「ほう……魔法で攻《せ》めようとして、一気に詰《つ》められたわけか」

「そういうことです。速度の遅《おそ》い魔法ぐらいなら回避《かいひ》してきますからね」

「ふむ。まあ、退屈《たいくつ》はしなさそうだな」

強敵結構、それでこそ楽しめるというものである。しかし、そんな俺の返答に対し、Kは苦笑を浮《う》かべていた。

「相変わらずですね……だからこそ、期待させていただきましょう。それと——」

「まだ何かあるのか？」

「……いえ、アドミス聖王国では気を付けてください。それでは」

それだけ口にして、Kは軽く礼をしつつ踵を返して去って行った。また、随分《ずいぶん》と意味深な言葉を残してくれるものだ。

確かに、伯爵級以上が出現する可能性は高いし、勿論《もちろん》油断するつもりなどないのだが。

しかし……果たして、どれほどの敵が現れるのか。それは、本当に楽しみだ。

Kの背中を見送っていると、それと入れ替《か》わるようにルミナとセイランが戻ってくる。

こいつらは、現地人の手伝いのために動いていたのだ。今回の戦い以来、ルミナは自発的に動くことが増えてきたように感じられる。自ら決めて、自ら動く――その在り方を学んだのだろう。

「お待たせしました、お父様」

「あいつらが戻ってくるまでは、どのみち出られないんだ。気にするな」

ルミナたちは像にされた住人たちの運搬《うんぱん》を手伝っていたようだ。セイランはどちらかというと付き添《そ》いだろうか。

俺のテイムモンスターになったのはセイランの方が後であるが、コイツはいつも泰然《たいぜん》とした態度だ。ルミナのことも、見守っているような節がある。何とも不思議な関係性だ。

「街の様子はどうだ？」

「疲弊《ひへい》しているようです。ですが、安心しているようでもあります」

「悪魔が消えたことは事実だからな、それに関しては、彼らも安心しているだろうさ」

戦後特有の、無気力感に溢《あふ》れた平穏《へいおん》だ。彼らにとっての受難はまだ続くだろうが、それは彼らの戦いだ。俺が口出しをするものではない。

まあ、その辺りについてはアルトリウスやエレノアが何とかするだろう。俺にできるのは戦いだけだ。己《おのれ》に為《な》せることを為す、ただそれだけでいい。

そんなことをぼんやりと考え――石碑の近くに気配が現れたことに気づく。振り返れば、そこには緋真とアリスの姿があった。どうやら、武器の強化は終わったようだ。

「終わったか、どんなもんだった？」

「ああ、先生！　見てくださいよ、私とアリスさんので凄い違いですよ？」

言いつつ、緋真は手に持つ紅蓮舞姫《ぐれんまいひめ》を差し出してくる。アリスは苦笑しつつも、それに倣《なら》って腰《こし》に装備していたネメを取り出した。さて、果たしてどのように強化されたのやら。

■《武器：刀》紅蓮舞姫　★3
攻撃力：34
重量：15
耐久度《たいきゅうど》：-
付与《ふよ》効果：成長　限定解放
製作者：-

■限定解放
⇓Lv.1：緋炎散華《ひえんさんげ》（消費経験値10％）

攻撃力を上昇《じょうしょう》させ、攻撃のダメージ属性を炎《ほのお》・魔法属性に変更《へんこう》する。
また、発動中に限り、専用のスキルの発動を可能にする。
専用スキルは武器を特定の姿勢で構えている状態でのみ使用可能。
↓Lv.1：緋牡丹《ひぼたん》
上段の構えの時のみ使用可能。
斬りつけた相手に周囲から炎が集まり、爆発《ばくはつ》を起こす。
↓Lv.2：紅桜《べにざくら》
脇《わき》構えの時のみ使用可能。
横薙ぎの一閃《いっせん》と共に飛び散った火の粉が広範囲《こうはんい》に爆発を起こす。
↓Lv.3：灼楠花《しゃくなげ》
霞《かすみ》の構えの時のみ使用可能。
突き刺した相手に特殊《とくしゅ》状態異常『熱毒』を付与する。

■《武器：短剣《たんけん》》ネメの闇刃《あんじん》　★3
攻撃力：30
重量：12

耐久度：-
付与効果：成長　限定解放
製作者：-

■限定解放
⇓Lv.1：暗夜の殺刃《さつじん》（消費経験値10％）
発動中は影《かげ》を纏《まと》った状態となり、敵から認識《にんしき》されづらくなる。
また、発動中に限り、認識されていない相手に対する攻撃力を大きく上昇させる。
更《さら》に、四秒に一度、一秒前にいた場所に幻影《げんえい》を発生させる。
⇓Lv.3：夜霧《よぎり》の舞踏《ぶとう》（消費経験値5％）
《暗夜の殺刃》の発動中のみ使用可能。
周囲に霧《きり》を発生させ、敵からの発見率を大幅《おおはば》に下げる。

「また随分と情報量が多いな……だが、確かに勝手が違う」
緋真の紅蓮舞姫は、成長の度に特殊な攻撃スキルが追加されていくようだ。対し、アリスのネメは一定のレベルごとに限定解放の能力が追加されるらしい。★2の時は餓狼丸と同じタイプかと考えたのだが……どうやら、それとも異なるようだ。

未《いま》だ何の能力も増えていない俺の餓狼丸が特殊なのか、はたまた成長武器はそれぞれ全く傾向《けいこう》が異なるということなのか——分からんが、何にせよ強化されていることは間違《まちが》いない。

「次の強化素材も入荷《にゅうか》したら最優先で回してくれるそうですし、これは先が楽しみですよ！」

「貴方のは結構お洒落《しゃれ》な名前のものばかりよね。運営は前々から考えていたのかしら」

「はは、あり得そうだな、そりゃ」

アリスがしみじみと呟いた言葉に、思わず笑いを零しつつも同意する。運営のことだ、アルトリウスが成長武器を取得した後は、次は緋真だと考えていた可能性も高い。

まあ、そこに俺が割《わ》り込んでしまったわけだが……武器の外見はジジイが何かしらしたとして、中身の能力は彼らも苦心したことだろう。

ともあれ、これで準備は整ったというわけだ。北のボスを相手にする時には解放を使う可能性もあるし、真価はその時に確認《かくにん》できるだろう。本来であればあらかじめ使い勝手を確かめておいた方が良いのだろうが——そこまで分かり辛い能力でもなさそうだ。

「よし、じゃあ出発だ。とりあえず、アドミスの最初の街の石碑まで辿り着くことが目標だな」

「了解です、やってやりましょう！」

「新しい玩具《おもちゃ》を買って貰《もら》った子供か、お前は」

くつくつと笑いながら、街の北へと向けて歩き出す。さて、果たしてボスはどのような敵なのだろうか。

個人的には戦いやすい相手ではなさそうだが——やるだけやってみるとしよう。

ミリエスタからさらに北上、街道に沿ってアドミス聖王国へと向かう。

道は徐々《じょじょ》に上り坂へと変じてきており、そして前方に見えてきているのは山々だ。どうやら、この山道を抜けなければ、アドミス聖王国には辿り着けないらしい。

まあ、ボスの名前がマウンテンゴーレムという時点で、山の中での戦いであるということはイメージできていたのだが。

出現する魔物については、山道に入り始めた辺りで変化が生じた。

確かに、ベーディンジアに出現する魔物は、どいつもこいつも平原での生活に適応した種ばかりであったし、山の中に入ってこないことも納得《なっとく》ではある。

そうして遭遇《そうぐう》した魔物であるが――

■ローリングストーン
種別：物質・魔物

レベル：45
状態：アクティブ
属性：地
戦闘位置：地上

坂道を一直線に転がり、こちらを押《お》し潰《つぶ》そうとしてくる岩であった。いや、これは生物と言っていいのかどうか微妙《びみょう》な存在なのだが、分類上は魔物であるらしい。

見た目からしてネタとしか思えないのだが、一メートル半はありそうな岩が真《ま》っ直《す》ぐに転がってきたら、それはそれで恐怖《きょうふ》である。

流石《さすが》に、山道でこれを受け止めることは困難だ。先ほど遭遇した時は咄嗟《とっさ》に回避したのだが、ローリングストーンはそのまま山道を転がってどこかに消えて行った。

「何か、魔物って言うよりはトラップの一種みたいな印象なんですけど……【フレイムストライク】」

「確かに、あまり戦っているという実感は湧《わ》かんな……『生奪』」

「いいじゃない、楽に倒せるんだから。私は正直相性《あいしょう》が良くないけど」

三つ転がってきたローリングストーンに対し、緋真は半眼を浮かべながら魔《ま》法《ほう》を撃《う》ち放つ。こいつらは比較的魔法《ひかくてきまほう》に弱く、更に威力のある魔法を受けると前進する勢いが弱まるのだ。そこへ攻撃を当ててやれば、あまり苦労せず倒せる魔物であった。

動きの鈍《にぶ》った岩に対して俺が一閃、そのＨＰを削《けず》り取る。そして他の二体はルミナとセイランの一撃によって粉砕《ふんさい》されたようだ。

ちなみに、アリスは何もしていない。こいつ相手には《スティンガー》を使って突《つ》き刺すぐらいしか対処法がないのだ。

『レベルが上がりました。ステータスポイントを割り振ってください』

『《刀術》のスキルレベルが上昇しました』

『《魔力操作《まりょくそうさ》》のスキルレベルが上昇しました』

『レベルが50に達しました。第二ウェポンスキル、第二マジックスキルが解放されます』

「……何だと？」

「先生、どうかしたんですか？」

レベルアップ通知に続いて届いた耳慣れぬインフォメーションに、俺は思わず眉根《まゆね》を寄せて硬直する。第二のウェポンスキルとマジックスキル、だと？

一体どういうことかとスキルメニューを覗《のぞ》き込《こ》んでみれば、その実態はすぐに明らかとなった。今まで枠《わく》が一つだけしかなかったウェポンスキルとマジックスキル、そこに一つずつ枠が追加されていたのだ。

ちなみに、通常のスキル枠は追加されていない。どうやら、レベル50はそのような追加処理となるようだ。

「……レベル50で、ウェポンスキルとマジックスキルの枠が増えた。サブウェポンや第二属性を選べということか？」

「え、マジですか!?　ちょっと見せてください！」

俺の言葉に素《す》っ頓狂《とんきょう》な声を上げた緋真は、俺の腕に掴《つか》まりながら背伸《せの》びをしつつ、こちらのスキルメニューを覗き込んでくる。まあ、内容については今更《いまさら》であるため特に気にせず開示してやれば、緋真は驚《おどろ》いた様子で大きく目を見開いて見せた。どうやら、緋真にとってもこれは想定外の成長であったらしい。

「ウェポンスキルとマジックスキルが増えるってことは、それだけ魔導戦技《マギカ・テクニカ》を使える数が増えるってことですね……いや、先生にはあんまり関係ないですけど」

「まあ、それはそうだな。しかしお前の称号《しょうごう》スキルは……」

「刀と火に限定されてますからね……確かに、強化は乗らないですけど」

デメリットは特にない強化であるが、俺や緋真にとってはメリットの薄《うす》い内容か。

しかし、全くメリットがないというわけでもない。緋真は《格闘術《かくとう》》を通常のスキルとして取得しているから、これを第二ウェポンスキルに回せばスキル枠を一つ空けることができる。尤も、魔法については考える必要があるだろうが。

「……しかし、どうしたものか」

元々、通常のスキル枠が増える前提でプラチナスキルオーブを交換《こうかん》したのだ。まさかこのような枠の増え方になるとは考えてもおらず、途方《とほう》に暮れる。

とりあえず、ウェポンスキルについては緋真と同じように《格闘》でもいいだろう。刀以外で使っている武器などないし、打撃《だげき》にスキルの補正が追加されるようになれば、多少は火力も上がる筈《はず》だ。問題はマジックスキルである。

「うーん……先生、今更攻撃魔法《いまさらこうげきまほう》は使いませんよね？」

「使わんな、というか使いこなせる気がしない。魔導戦技《マギカ・テクニカ》も使わんしな」

緋真が使っているところを見て、使いようによっては有効であることも理解したが、それでもやはり使う気にはなれない。そして、魔法を単品で使うにしても、俺はそちら方面にはあまりスキルを取っていないし、有効とは言えないだろう。

「《付与魔法《ふよまほう》》か？　いや、あれは生産用だしな。穴埋《あなう》めで取るのも勿体《もったい》ない……」

「……プラチナオーブでレアな魔法スキルはないの？」

「うん？　そういえば確かに、魔法系のスキルはチェックしていなかったな」

以前にプラチナスキルオーブを手に入れた時は、自分に使えるスキルがあるかと探していたのだ。あの時は他の魔法など必要なかったため、まるでチェックしていなかったが、今なら取得も十分考えられる。

アリスの助言に従い、インベントリからプラチナスキルオーブを取り出した俺は、早速《さっそく》スキル一覧の確認を開始した。

魔法に関しては、マリンが持っていた魔法のように、特殊なレア魔法も存在している。通常取得できる魔法では俺に扱《あつか》えそうなものはないが、レア魔法の中には何かしら使えるものがあるかもしれない。

「ふむ……だがやはり、基本的には普通の魔法と変わらんな」

マリンの持っていた《幻惑魔法《げんわくまほう》》、薊《あざみ》に譲《ゆず》った《死霊魔法《しりょうまほう》》……通常では習得できない魔法はそれなりに多い。だが、基本的には通常の魔法と同じく、俺の望むような自己強化の魔法は発見できない。さて、どうしたものか――悩《なや》みつつ魔法の一覧及《およ》び効果を確認して、ふと一つの魔法が目に入った。

「……《降霊魔法《こうれいまほう》》」

通常とは異なる魔法を習得するレア魔法の中でも、かなり上位に位置する魔法。プラチナでしか取得できないこの魔法は、他の魔法とは一線を画する特殊な性能をしている。

この魔法は、ある意味では《テイム》や《召喚魔法《しょうかんまほう》》にも近しい性能をしている。だが、パーティの枠は必要とせず、ごく短い時間だけ配下精霊《せいれい》を呼び出すという性質を持っている。しかし、その代償《だいしょう》として発動中はＭＰの半分が封《ふう》じられるようだ。

ＭＰの封印《ふういん》はともかくとして、配下の召喚《しょうかん》は中々便利だ。だが、それ以上に特殊なのは、一定のレベルごとに専用のポイントを取得し、任意の配下を強化できるという仕様だろう。

これならば出すだけ出して放置できるというのもあるが、それ以上に気になるのが【武具精霊召喚《ぶぐせいれいしょうかん》】という魔法だ。これは配下を直接召喚するわけではなく、武器そのものに精霊を降ろす魔法であり、武器や防具の強化に繋《つな》がるらしい。

「ふむ……これならば扱えるか。なら、これで行くかね」

ボスを倒せばスキル枠も追加されるだろうが、別段どうしても欲《ほ》しかったスキルがあるわけでもない。であれば、ここで魔法の取得のために使用してしまってもいいだろう。そう判断して、スキルオーブを発動させる。結果、俺のステータスはこのような形となった。

■アバター名：クオン

■性別：男

■種族：人間族《ヒューマン》

■レベル：50

■ステータス（残りステータスポイント：0）

STR：35

VIT：26

INT：35

MND：26

AGI：18

DEX：18

■スキル

ウェポンスキル：《刀術：Lv.21》

《格闘：Lv.1》

マジックスキル：《強化魔法：Lv.38》

《降霊魔法：Lv.1》

セットスキル：《死点撃ち：Lv.36》

《ＭＰ自動大回復：Lv.6》

《奪命剣《だつめいけん》：Lv.12》

《識別：Lv.29》

《練命剣《けん》：Lv.12》

《蒐魂剣《しゅうこんけん》：Lv.12》

《テイム：Lv.32》

《ＨＰ自動大回復：Lv.5》

《生命力操作：Lv.36》
《魔力操作：Lv.35》
《魔技共演：Lv.20》
《インファイト：Lv.26》
《回復適性：Lv.20》
サブスキル：《採掘《さいくつ》：Lv.13》
称号スキル：《剣鬼羅刹《けんきらせつ》》
■現在SP：32

《降霊魔法》を取得した瞬間《しゅんかん》、召喚精霊《しょうかんせいれい》の選択《せんたく》ポイントが付与される。現状1点であるため、取れる精霊は一つだけだ。

無論、取得する対象は【武具精霊召喚：Lv.1】である。この魔法にポイントを割り振って行けば、その都度に精霊も強化されていくということか。

「よし……試《ため》してみるか」

小さく呟き、詠唱《えいしょう》を開始する。

《強化魔法》と比べるとかなり詠唱時間は長い様子だ。これを最初から使用する場合は、戦闘に入る前に準備しておくぐらいでちょうどいいかもしれない。

「【武具精霊召喚】」

魔法を発動した瞬間、俺の足元に魔法陣《まほうじん》が広がった。そしてその直後、俺の目の前に白い光の球体が出現する。

現れた光は俺の周囲をぐるりと回ったのち、俺の握《にぎ》る餓狼丸の中へと吸《す》い込まれるように姿を消した。刹那《せつな》、餓狼丸は薄ぼんやりとした光に包まれる。どうやら、これが精霊を召喚した状態ということらしい。

「光ってる以外はあまり変わらんな」

「先生、自分で選んだんじゃないですか」

「まあな。性能が上がっているのであれば文句はないさ」

半眼を浮かべた緋真《ひさな》の言葉に、俺は苦笑しながらそう返す。

確認すれば、確かに餓狼丸の攻撃力《こうげきりょく》は上昇している様子だった。その強化幅《はば》はまだ大きくはないものの、《強化魔法》の初期と比較《ひかく》すれば明らかに高い。尤《もっと》も、ＭＰを半分封印するというデメリットもあるのだ。それ位は効果がないと困るのだが。

ＭＰを確認してみれば、バーの半分が灰色に染まった状態となっている。これが、半分が封印された状態であるということなのだろう。尤も、俺は半分も使うことはまずないため、あまり困りはしないのだが。

「ふむ……ま、とりあえずは試し斬《ぎ》りだな。ちょうどボスも近付いてきたようだし」

「ボス相手に試し斬りねぇ……緋真さんもそれでいいのかしら」

「ですね。私も紅蓮舞姫の解放を試してみたいです」

「決まりだな。それじゃあ、さっさとボスのところに殴《なぐ》り込みと行くか」

やれることが増えるのは、中々に楽しいものだ。俺たちは足取りも軽く、境界のボスの元へと足を進めて行った。

第二十三章 マウンテンゴーレム

ボスの領域を示す石柱の前まで到達《とうたつ》すると、その内側では既《すで》に別のパーティのボス戦が繰《く》り広げられていた。見た目からして、『キャメロット』の連中ではない。彼らとは別口のパーティだろう。

どこかのクランに属しているのか、はたまたたまたま組んだパーティなのか――なんにせよ、この辺りまで来られるということは、相応の実力を有している者たちということになる。尤も、だからと言ってこのボスを倒《たお》せるというわけではないのだが。

何しろ、彼らは今まさに、巨大なボスモンスターに追いつめられているところだった。

「あれがマウンテンゴーレムか……」

「聞いてた通り、大きいですね」

高さだけで見れば、ヴェルンリードとも遜色《そんしょく》ないほどの大きさだ。

全身が苔《こけ》むした岩によって構成された、巨大なゴーレム。その体は両腕《りょううで》が長く、その手を地について支えるようにしながら行動している。俗《ぞく》に言うナックルウォーク、というやつだろうか。Kがゴリラと称《しょう》していたことも納得できる姿だ。

（成程《なるほど》……確かにこいつは厄介だな）

マウンテンゴーレムが動き回る姿を見て、俺《おれ》はそう判断する。

疑似的《ぎじてき》な四足歩行であるためか、ゴーレムにしては動きが速い。しかもその巨体《きょたい》を有しているが故に、一歩一歩が大きく、多少鈍く見える動きも実際はかなりの速さで動いていることになる。全身が岩であるがゆえに重さも十分だ。腕《うで》の長さを生かして振《ふ》り回すだけでも、十分すぎるほどの凶器《きょうき》となり得るだろう。

マウンテンゴーレムは、素早《すばや》くプレイヤーたちに突撃《とつげき》すると、その両腕を振り回して暴れ回るといった動きを見せている。あの重量を抑《おさ》え込むことが難しい以上、アレに対処することは困難だ。

「この大きさだと、動きを封じて採掘なんて言ってられないですね」

「そもそも掘《ほ》れるのかしらね、あれ」

「余計なことを考えている余裕はなさそうだぞ、ありゃ」

力任せな腕の直撃《ちょくげき》を受け、大盾《たて》を持って防いでいたプレイヤーが吹《ふ》き飛ばされる。彼を生命線としていた以上、そうなれば彼らのパーティは瓦解《がかい》を免《まぬが》れない。あっという間に崩《ほう》壊《かい》していく戦線を眺《なが》めつつ、俺はあのデカブツと戦うための算段をつけ始めた。

「弱点らしい弱点も見当たらんか。とりあえず普通《ふつう》に削るしかないだろうが……」

「探せばありそうじゃないですか？」

「分析《ぶんせき》に時間をかけていたら危険だからな。直撃を受けたら死ぬだろう、あれは」

どこかしらに核《かく》のようなものがあるのかもしれないが、それを確かめている余裕はなさそうだ。せめてあのパーティがもう少し粘《ねば》ってくれれば何かしら情報があったかもしれないが、現状では判断に足る情報は得られていない。とりあえず、物理攻撃《こうげき》よりは魔法の方が効いていることは分かるが、後は動きぐらいしか情報は無いといっていいだろう。

まあ、これでも戦えないというわけではない。ある程度イメージもできたしな。

そうこうしている内に、戦闘中のパーティは壊滅《かいめつ》し、マウンテンゴーレムはゆっくりと地面の中に沈《しず》んでゆく。流石に、この状況《じょうきょう》で挑《いど》むということはできないようだ。

「よし……とりあえず、片腕《かたうで》を潰してみるとしよう。奴の左腕《ひだりうで》に攻撃を集中させるぞ」

「了解《りょうかい》です。あの姿なら、片腕《かたうで》潰《つぶ》れたら動き鈍りそうですしね」

奴の機動力は、両腕を地についているからこそ発揮できているものだ。片腕でも潰してしまえば、その動きをある程度封じることができるだろう。

今のところ、《降霊魔法》は発動したままだ。ＭＰを封印するデメリットがあるためか、戦闘状態が終わっても発動を続けられるようだ。

さて、実際にどの程度威力《いりよく》が変わっているのやら。小さく口元を歪《ゆが》めながら、石柱の間を抜《ぬ》けてボスの戦闘エリアへと足を踏《ふ》み入れる。エリアは山の中腹にある広場といった場所だ。戦闘を行うには十分な広さであろう。

俺たちが広場の中央辺りまで到達したところで、地面が揺《ゆ》れ始める。そして、ゆっくりと地面が盛り上がり――先ほどと同じ姿のマウンテンゴーレムが姿を現した。

■マウンテンゴーレム
種別：物質・魔物《まもの》
レベル：50
状態：アクティブ
属性：地
戦闘位置：地上

レベルだけを見るならば、カイザーレーヴェにも匹敵《ひってき》する能力ということか。だが、コイツは仲間を呼び出すような面倒《めんどう》な行動はしてこないだろう。純粋《じゅんすい》に一体を相手にすればいいだけだ。であれば、集中して叩《たた》き潰してやるとしよう。

「【マルチエンチャント】【スチールエッジ】【スチールスキン】！」

「焦天に咲《さ》け――『紅蓮舞姫』ッ！」

餓狼丸《がろうまる》の刃が輝《かがや》き、緋真の腕は炎に包まれる。それと共に、俺と緋真はマウンテンゴーレムへと向けて駆《か》けだした。

対するデカブツは、俺たちに対して威嚇《いかく》するように両腕を振り上げる。あの巨大な腕を、ハンマーのように叩き付けるつもりだろう。

歩法――陽炎《かげろう》。

俺は陽炎でスピードを変え、緋真は烈震《れっしん》で一気に通り抜ける。そしてマウンテンゴーレムの左腕を挟《はさ》む形で立った俺たちは、挟むように刃を振り抜いた。

「『生奪』！」

「《練闘気》、《スペルエンハンス》――《術理装填《そうてん》》【フレイムピラー】！　そして【灼楠花】ッ！」

斬法――剛《ごう》の型、輪旋《りんせん》。

俺の振るった刃はマウンテンゴーレムの左腕を薙《な》ぎ、その表面を軽く削り取る。

あまり大きな手応えであるとは言えない。どうやら、この程度ではあまり大きなダメージにはならないようだ。

対し、緋真が繰り出した刺突《しとつ》はマウンテンゴーレムの腕に突き刺《さ》さり、その腕を大きく炎上《えんじよう》させた。突き刺した相手を炎で包む【フレイムピラー】の装填効果は、コイツには中々に効果的であるようだ。

「状態異常を確認。驚いた、ゴーレムにも効くのね、その毒」

後方でマウンテンゴーレムの状態を観測していたアリスが、驚いた様子で声を上げる。

どうやら、紅蓮舞姫の特殊攻撃《とくしゆこうげき》である【灼楠花】が効果を発揮したようだ。

特殊状態異常の『熱毒』とやらであるが、その効果は今のところよくわかっていない。

だが、炎を振り払《はら》ったマウンテンゴーレムの腕には、木炭が燻《いぶ》るような赤いエフェクトが纏わりついていた。どうやら、徐々にではあるがダメージを与《あた》えているらしい。

「行動の阻害《そがい》にはなっていないみたいですけど……効くんなら文句はないですよ！」

「だな。さて——これならどうだ。《練命剣》、【命輝閃《めいきせん》】」

炎を振り払うために腕を上げたマウンテンゴーレムの懐《ふところ》へと飛び込み、その膝《ひざ》へと向けて刃を振り下ろす。眩《まばゆ》く輝く黄金の一閃は、先ほどよりも大きく岩の表面を削り取った。

だが、それでも行動不能に陥《おちい》らせるには足りない。やはり、物理攻撃が主体ではあまり大きくはダメージを与えられないか。とはいえ、確実にダメージを蓄積《ちくせき》できていることは事実。全く攻撃が通じていないというわけではないのだ。

マウンテンゴーレムの背後へと回り込みながら、刃を向けて相手の動きに集中する。

「《スペルエンハンス》――《術理装填》【フレイムストライク】」

並んだ緋真は改めて刀に魔法を装填する。より紅《あか》く燃え上がる紅蓮舞姫を横目に、俺は改めて餓狼丸を構え直す。今回は餓狼丸を解放するつもりは無い。使えば楽に倒せるだろうが、今回は緋真たちの戦いを見てみたいのだ。

無論手を抜いて戦うつもりは無いが、餓狼丸の力に頼《たよ》りすぎることは己の力にはなり得ない。特に、吸収の力を当てにして戦うということは避《さ》けなければ。

マウンテンゴーレムは、より大きなダメージを与えた緋真の方に注意を向けている。

このデカブツは、後方にいる緋真を薙ぎ払うために左腕を大きく振るい――俺たちは、回避のために軽く後方へと跳躍《ちょうやく》した。巨大《きょだい》な岩塊《がんかい》が唸《うな》りを上げると同時、脇構えに刃を構えた緋真が、新たなスキルを発動する。

「試してみますか、【紅桜】！」

横薙《よこな》ぎに振るわれた刃から、花弁の如き紅の火の粉が飛び散る。それと共に振るわれたゴーレムの巨大な腕は、緋真の放った火の粉に触《ふ》れ、次々と小さな爆発を巻き起こした。

今の一撃《いちげき》で、どうやら随分とＨＰを削ることができたようだ。

「射程も持続も短いですけど、多段ヒットすると強いですね」

「どちらかというと牽制《けんせい》だな。これがあると流石に近付きづらいだろう――ルミナ！」

「はあああああっ！」

上空に舞《ま》い上がっていたルミナが、急降下しながら光の魔法を撃ち込みつつ、ゴーレムの左腕に一閃を加える。次いで、ゴーレムの背後に回り込んでいたセイランが、飛来しながらその腕をゴーレムの後頭部へと向けて叩き付けた。

衝撃《しょうげき》と轟音《ごうおん》が空気を伝って響《ひび》き、次いで砕《くだ》け散ってきた石の破片《はへん》を刀で弾《はじ》き返して、思わず苦笑《くしょう》する。セイランめ、本当に遠慮《えんりょ》がないことだ。

無論、ゴーレムに人間的な弱点などありはしないが、今の一撃を受ければバランスを崩《くず》さざるを得ないだろう。

「ナイス……【緋牡丹】ッ！」

そして、バランスを崩したマウンテンゴーレムに対し、緋真は上段から刃を振り下ろす。紅の炎が中空に一直線の軌跡《きせき》を描《えが》き、緋真の一閃はマウンテンゴーレムの腕に突き刺さる。

瞬間、まず噴《ふ》き上がったのは【フレイムストライク】の炎だ。爆発となって顕現《けんげん》した炎は、まるで噴火《ふんか》のようにゴーレムの腕についた亀裂《きれつ》から噴き上がる。そしてそれに次いで、周囲に現れた炎がその切り口へと収束し、二度目の爆発を巻き起こした。

大した熱量ではあるが、その傍《そば》にいる緋真は熱さを感じている様子はない。魔法を使っている本人には、その効果から逃《のが》れる術があるのだろうか。

緋真の攻撃を受けたマウンテンゴーレムは、その腕に付いた深い亀裂の内側から炎を噴き上げ――その腕を、半ばから切断されることとなった。

ぐらりとバランスを崩したマウンテンゴーレムはその場で動きを止める。しかしその直後、地面が再び盛り上がり始めた。

「チッ……今のうちに畳《たた》みかけろ！」

「了解です！」

どうやら、体の一部を欠損すると、再び地面から土を補充《ほじゅう》して再生するようだ。だが、その再生中は動きが止まる。今ならば安全に殴ることができるだろう。

さて、ある程度の性質は理解できたが、まだまだ確認できたパターンは少ない。注意して戦闘《せんとう》を続行することとしよう。

第二十四章　削り取る岩塊

『————ッ！』

巨大な岩の塊が、目の前を通り過ぎる。

腕を振り回して暴れるマウンテンゴーレム、その姿はまるで小さな竜巻《たつまき》であるかのようだ。とてもじゃないが受け流せるような質量ではなく、コイツの攻撃相手には回避《かいひ》以外に取れる選択肢《せんたくし》はない。

攻撃の出がかりを潰そうにも、多少の攻撃では怯《ひる》みもしないのだ。動きを鈍らせられるとしたら精々がセイランの突進《とっしん》ぐらいであり、他にこのデカブツのテンポを崩せる者はいない。

尤も——

「ま、その動きはカモですけど……【紅桜】！」

緋真が横薙ぎに振るった刃から、小さな火の粉が花弁のように散る。そしてその火の粉がマウンテンゴーレムの腕に触れた瞬間、連続して小さな爆発が発生した。

的が大きい上に動きまで大きいマウンテンゴーレムには、この攻撃はかなり効果的であるようだ。マウンテンゴーレムのＨＰはそろそろ半分を割った辺りであり、中々いいペースで削れてきている状況だろう。

尤も、だからと言って油断できるわけではないのだが。

「……しかし、お前さんはやれることがないな」

「仕方ないじゃない。刺したって大したダメージにならないんだから」

俺の後ろに控《ひか》えているアリスは溜息《ためいき》を吐《つ》きながら手の中のネメを弄《もてあそ》んでいる。

非生物系の敵でも弱点があればアリスの攻撃も十分に通じるのだが、マウンテンゴーレムの弱点は頭頂部にあるらしく、あの暴れ回るゴーレム相手には狙《ねら》いづらい位置になってしまう。

普段《ふだん》であれば頭上まで登って対処するところであろうが、あの暴れっぷりではそれも難しいだろう。少なくとも、今の状況ではセイランたちすら近寄ることができないのだから。

結果的に、現在のアリスは相手に向かって適度に魔法を放つ程度にしか攻撃ができていない。弱点を狙えるタイミングがあるとすれば――

「ルミナ、セイラン、右腕《みぎうで》を崩せ」

「はいっ！」

「ケエエエエエッ！」

無秩序《むちつじょ》な攻撃が終了《しゅうりょう》した瞬間、マウンテンゴーレムは数秒間動きを止める。その瞬間を狙い、上空に待機させておいたルミナとセイランがマウンテンゴーレムへと襲《おそ》い掛《か》かった。

緋真の【紅桜】によってダメージを受けていたマウンテンゴーレムの右腕には、その二連撃によって亀裂が走る。瞬間、俺と緋真はゴーレムへと向けて一気に駆けだした。

歩法——烈震《れっしん》。

動きを止めている時間はほんの僅《わず》かだ。今のうちに奴《やつ》の腕を破壊《はかい》し、更《さら》に攻撃を畳みかけなければなるまい。

「《練命剣》——【命輝閃】！」

「【緋牡丹《ひぼたん》】」

俺と緋真、共に最大の攻撃力を誇《ほこ》る一撃だ。

俺の一閃《いっせん》は亀裂を深く抉《えぐ》り、そこに突き刺さった緋真の一撃は炎《ほのお》と共に腕を砕く。

腕を破壊されたマウンテンゴーレムは、その腕を再生するまでその場から動けなくなる。

その瞬間を狙って、マウンテンゴーレムの背を駆け上ったアリスが刃《やいば》を閃《ひらめ》かせた。

「これなら、効くでしょう！」

防御《ぼうぎょ》を貫通《かんつう》するアリスの一撃がマウンテンゴーレムの弱点へと突き刺さる。毒は効果が無いため付与《ふよ》していないようだが、それでも十分なダメージを与えられたようだ。

動けぬうちにダメージを与えようとアリスは幾度《いくど》となく刃を振り下ろし、こちらもゴーレムの左腕へと攻撃を重ねる。胴体《どうたい》の方がダメージの倍率は良いのだが、動きを止めることを考えると腕を交互《こうご》に破壊する方が効果的なのである。

「よし、下がれ！」

腕の再生が進んでいるのを確認《かくにん》し、一斉《いっせい》に距離《きょり》を取る。

腕の再生を完了《かんりょう》させたマウンテンゴーレムのＨＰは、残り三分の一程度まで削り取ることができたようだ。これならば、あと二度程度崩せば倒し切れるだろうか。

そう判断して体勢を立て直し――

『――――ッ!!』

マウンテンゴーレムが、威嚇するように大きく腕を振り上げる。

これまでは見せなかった動きに、警戒《けいかい》して刃を構え直す。この距離では腕を振り下ろしたところで届きはしない筈だが……さて、何をするつもりか。

訝《いぶか》しんで眉根を寄せた、その直後――マウンテンゴーレムは、その両腕で思い切り地面を叩き、大きく上空に舞い上がった。

「はぁ!?」

「そんな無茶《むちゃ》ある⁉」

まさかあの巨体が宙を舞うとは思っていなかったのか、緋真とアリスが驚愕《きょうがく》の声を上げる。俺は声こそ上げなかったが、心境としては同じようなものだ。

マウンテンゴーレムは巨大な石像だ。確かに中々軽快な動きはしていたが、ここまで身軽に動くなど想像できる筈もない。上空にいたセイランは舞い上がったゴーレムと衝突《しょうとつ》しかけ、慌《あわ》てて退避《たいひ》したため空中でバランスを崩しかけてしまっている。

そして舞い上がったマウンテンゴーレムは、そのままこちらへと両腕を広げて落下してきた。

「チッ……散れ！」

異論はなかったのだろう、全員声を上げる暇《ひま》もなく、その場から急いで退避する。

俺たちをボディプレスで押し潰そうと落下してきたマウンテンゴーレムは、凄《すさ》まじい衝撃と共に胴《どう》から地面に叩き付けられた。その衝撃たるや、マウンテンゴーレム自体のＨＰも若干《じゃっかん》削《けず》れているほどだ。

直撃を受けたら、俺たちではひとたまりも――というか誰《だれ》でもひとたまりもないだろう。

「っ……《スペルエンハンス》、【フレイムストライク】！」

「光の鉄槌《てっつい》よ！　連なりて敵を撃て！」

だが、胴体から着地したマウンテンゴーレムは、その場でしばし動けなくなっている。そこに叩き付けられたのは、緋真とルミナの魔法だ。無防備な状態のマウンテンゴーレムは、避ける暇もなくその直撃を受けた。

荒《あ》れ狂《くる》う光と炎の爆裂《ばくれつ》に、視線を細めてその爆心地《ばくしんち》を確認する。マウンテンゴーレムは大ダメージを受けた様子であるが、それでもまだ倒れてはいない。受けた魔法を振り払いながら、マウンテンゴーレムはゆっくりと立ち上がり――

「《練命剣》――【命輝閃】！」

斬法――剛の型、白輝《びやつき》。

その膝へと向けて、全力の一閃を叩き付ける。

黄金の輝きを纏《まと》った一閃は、元より亀裂の走っていたマウンテンゴーレムの左膝《ひだりひざ》を大きく削り取り、そのバランスを崩させた。前のめりに倒れそうになったマウンテンゴーレムは、巨大な両腕で己《おのれ》の体を支え――その腕を伝って、緋真とアリスが駆け上がる。

「し……ッ！」

身軽なアリスは階段を一段飛ばしにするようにマウンテンゴーレムの腕を駆け登り、弱点である頭頂部へと刃を突き刺す。それによって、マウンテンゴーレムはびくりと僅かに硬直《こうちょく》した。

そしてその刹那を見逃《みのが》さず、アリスはマウンテンゴーレムの頭部を蹴《け》りながら跳躍し、離脱《りだつ》する。瞬間、入れ替《か》わるように飛び込んできたのは、燃え上がる刀を構える緋真だ。

「《スペルエンハンス》、《術理装填》【フレイムピラー】――【炎刃連突《えんじんれんとつ》】！」

飛び込むように突き出した紅蓮舞姫《ぐれんまいひめ》の刀身には、寄り添《そ》うように炎の棘《とげ》が顕現する。それらは緋真が刃を突き出すと同時にマウンテンゴーレムの頭頂部へと突き刺さり――その全身を、炎の柱で包み込んだ。

緋真は後方へと宙返りしながら炎の中より脱出《だっしゅつ》し、次いで後方へと距離を取る。炎に包まれたマウンテンゴーレムは、そんな緋真を捕《と》らえようと手を伸《の》ばし――全てのＨＰを散らして、その場に崩れ落ちていった。

『《格闘》のスキルレベルが上昇《じょうしょう》しました』
『《降霊魔法》のスキルレベルが上昇しました』
『《識別》のスキルレベルが上昇しました』
『《練命剣》のスキルレベルが上昇しました』
『《奪命剣》のスキルレベルが上昇しました』
『《魔技共演》のスキルレベルが上昇しました』
『テイムモンスター《ルミナ》のレベルが上昇しました』

『テイムモンスター《セイラン》のレベルが上昇しました』

『フィールドボスの討伐《とうばつ》に成功しました！　エリアの通行が可能になります』

『フィールドボス、《マウンテンゴーレム》が初めて討伐されました。ボーナスドロップが配布されます』

マウンテンゴーレムの巨体が土塊《どかい》へと還《かえ》ると同時、戦闘終了《せんとうしゅうりょう》のアナウンスが響き渡《わた》った。

また、何ともやり辛《づら》い相手だったな。こちらは一撃でも受ければ終わりだというのに、あああも軽快に暴れまわるのだから。動きを分析すれば何とかなる相手ではあったが、正直俺としてはあまり面白《おもしろ》い相手ではなかったな。餓狼丸を解放していればもう少し楽に斬《き》れたのかもしれないが、今回はまあいいだろう。

どちらにしろ、再戦したいと思えるような相手ではなかった。

「さてと……MVPはお前の方だろうな、緋真。何かあったか？」

「あー、特殊報酬《とくしゅほうしゅう》……《大地《だいち》の鎧《よろい》》とかいうスキルオーブが入ってますね。使います？」

「どんな効果があるんだ？」

「土を使って一定時間鎧を作るとかなんとか」

「……要《い》らんな。他に何かあるのか？」

確かにスキルスロットのチケットは手に入ったが、そのスキルを覚えたいとは思わない。

精々、先日挙げた《戦闘技能》か《背水》のどちらかを取得するぐらいでいいだろう。スキルについてより、以前のボスからあったイベントアイテムの方が気になるところだ。

俺の言葉を聞いて、緋真は眉根《まゆね》を寄せながらインベントリを眺め、一つのアイテムを取り出す。

■大地《だいち》の楔《くさび》：建材・イベントアイテム
マウンテンゴーレムの中心部に埋《う》まっていた楔。

強力な大地の魔力《まりょく》を有している。

大きな建物を作る際、その礎《いしずえ》として利用されることが多い。


「やはりイベントアイテムはあったか……しかし、何だこりゃ」

「建材？　どう使うのかしらね、これ」

「エレノアさんに預けておきます？」

「……いや、次の国で使えるものなのかもしれん。一応、取っておくこととしよう」

確かに、エレノアたちならば巨大な建物を作る予定もあるかもしれないが、流石《さすが》にどう転ぶか分からないものを預けるわけにもいかんだろう。

これまでも、ボス戦で手に入れたイベントアイテムは、その次のエリアで何らかの役割を果たしていた。今回もその類である可能性は十分にあるし、取っておいて損は無い。

「何にせよ、よくやったな。いい戦いぶりだった」

「そ、そうですか？」

「新しい刀の具合も良さそうだしな。今後の成長にも期待させて貰《もら》おう」

小さく笑い、先へと進みだす。

ここから少し歩けば、北の国、アドミス聖王国に入ることだろう。果たして、どのようになっていることやら。あまり愉《ゆ》快《かい》な状況ではなさそうだが――まずは、確認してみるとしよう。

山道を下りて、北へと向かってゆく。

出現する魔物は登って来た時と同じであるが、流石に背後から岩が転がってくるのは勘《かん》弁《べん》願いたいところだ。

音で分かることは分かるのだが、やはり若干《じゃっかん》反応が遅《おく》れてしまう。奴らは生物的な気配ではないし、どうにも察知が難しいのだ。しかもこちらから先制できないことには仕留め切ることも難しいため、稼《かせ》ぎにもならない。全く何のためにもならん魔物だ。

しかし、こいつらが出現するのはこの山の中まで。平地まで降りれば、この岩共も出現しなくなるだろう。

「だいぶ降りてきましたけど……この後はどうするんですか？」

「ま、普通に街道《かいどう》沿いに進むしかないだろうな。流石に、地理が分からん国で適当に動くわけにもいかんさ」

今の所、この国については概要《がいよう》程度しか情報を知らない。適当に進んで迷いでもしたら、それこそ面倒なことになってしまうだろう。出現する魔物は気になるが、ここは素直《すなお》に街道沿いに進んでいくのがベストだ。

山道を降り切ったところで、セイランの背に乗って移動を開始する。緋真もペガサスを出すが、とりあえずは飛ばずにこのまま地上を移動するとしよう。とりあえずは、この国における魔物の能力を確認したいのだ。

一応、今のところは特に異常らしい異常もない。ベーディンジアと同じような、平原の風景だ。とはいえ、遠方には森や山も見えているし、丘陵地《きゅうりょうち》もあってある程度の起伏《きふく》は見られる。どうやら、ベーディンジア程の広い平原といった地形ではないようだ。

「ここも結構移動しやすそうな土地ですねぇ」

「広さはベーディンジア以上だし、他の地方はどうなってるか分からんがな。大国なんだろうが……それがここまで不利な状況になっているってのは気になるところだ」

果たして、この国における悪魔《あくま》の戦力とはどの程度のものなのか。

ここまでの流れを考えると、伯爵級《はくしゃく》以上の悪魔が出現する可能性は十分にある。無論、このような場所で突然爵位悪魔《とつぜんしゃくいあくま》と遭遇《そうぐう》するということはないだろうが……警戒は怠《おこた》らないようにしておこう。

気を引き締《し》め直し、さっさと街まで到達してしまおうとセイランを駆る。今はとにかく、状況を理解するための情報が欲《ほ》しいのだ。

だが——

「む……前方に敵影《てきえい》だ」

「……見覚えのある姿ね」

緋真の背中でしみじみと呟《つぶや》くアリスの声が耳に入る。その言葉に、俺は内心で同意した。

あそこにいるのは、見たことのある敵だ。

それも——

■デーモン
種別：悪魔
レベル：44
状態：アクティブ
属性：闇《やみ》・水
戦闘位置：地上・空中

ベルゲンで戦った、あの悪魔共だ。

どうやら、こいつらは以前の奴らとは別の個体であるようだ。属性もレベルも異なっている。だが、姿かたちは以前に戦ったデーモンとほぼ変わりはない。

イベントの時だけ出てくるような存在であるのかと思っていたのだが、どうやらここからは勝手が異なるようだ。まさかこんな序盤《じょばん》から、爵位《しゃくい》持ちでないとはいえ上位の悪魔が出現してこようとは。

「――光の鉄槌よ！」

ルミナが放った閃光《せんこう》が、歩いていたデーモンに直撃する。その一撃だけで倒されるということはないが、それでもダメージと光によって奴らの動きは一瞬《いっしゅん》停止する。

そして、その状況であれば――

「セイラン、吹き飛ばせ！」

「ケェッ！」

セイランに命じ、正面から突撃する。馬以上の体格を誇るセイランは、その体重を利用して正面から頭突《ずつ》きを敢行《かんこう》する。

胴体から突撃を受けた悪魔は、そのまま撥《は》ね飛ばされて街道の奥《おく》へと吹き飛ばされる。

そちらへと遠慮なく突撃したセイランは、そのまま倒れたデーモンを容赦《ようしゃ》なく踏み潰《つぶ》した。

一応こちらも刀は抜いていたのだが、どうやらこちらの仕事はなかったらしい。

ちなみに、もう一体の方は緋真が擦《す》れ違《ちが》い様に野太刀《のだち》で薙ぎつつ、怯んだところに突撃したルミナがトドメを刺したようだ。

「こんな平原で突然悪魔《とつぜんあくま》が出てくるとはな」

「ですね。それだけ、悪魔に攻《せ》められてるってことなんでしょうか」

「……とにかく、情報が必要だな。こいつらを狩《か》るにしても、まずは拠点《きょてん》となっている場所を探さにゃならん」

敵が明確であることはありがたいが、無策に攻めることは命取りだ。とりあえずは、このまま街道を北に進むこととしよう。

塵《ちり》になって消滅《しょうめつ》していく悪魔共を横目に、北への街道を進む。しかしどれだけ進んでも、人の姿は見当たらない。度々《たびたび》見かけるのは悪魔の姿だけだ。

とりあえず目についた悪魔は皆殺《みなごろ》しにしつつ進んでいくが、人間どころか他の魔物すら見当たらない。姿を現すのは悪魔ばかりだ。

「……拙《まず》いんじゃないかしらね、これ」

「否定はできんな」

アリスが呟いた言葉に、俺は顔を顰《しか》めながら同意する。

以前の国では、フィールドで悪魔と出くわしたことは殆《ほとん》ど無かった。だが、この国ではまるで当たり前のように悪魔が出現してきている。まるで、この場所が自分たちの土地であると言わんばかりに、我《わ》が物顔でだ。

「……気に入らん連中だ」

「貴方《あなた》、悪魔に対してはいつだってそんな調子でしょうに。それよりほら、街が見えて来たわよ」

「戦いは起こっていないようです、お父様」

「そうか、下手をしたらいきなり戦争もあり得るかと思っていたんだが……」

道端《みちばた》に悪魔がいる状況ながら、街そのものは攻められていないようだ。遠目に見える街の規模は小さなもので、先に訪《おとず》れていたミリエスタよりは一回り程小さなものになるだろうか。小さな街であるが、拠点とするには十分だ。とりあえずは、あそこで石碑《せきひ》を登録することとしよう。

さて――果たして、この国はどんな場所なのやら。

＊　＊　＊　＊　＊

「――報告いたします。南の国を攻めていたヴェルンリードが倒《たお》されたとのことです」

「そうか……残念なことだ」

広い空間に、涼《すず》やかな声が響く。その怜悧《れいり》な響きを前に、報告を行っていた悪魔は息を飲むようにしながらその声の主を見上げた。

豪奢《ごうしゃ》な玉座、そこに座《すわ》る一人の男は、報告を耳にしてなお表情を変えず、穏《おだ》やかな笑《え》みを浮《う》かべていた。

「彼女《かのじょ》は我らが王の言葉に賛同せぬ者ではあったが、勤勉な働き者であったからね。彼女の穴埋《あなう》めは中々に難しいだろう」

「……よろしいのですか？　今の我らの戦力であれば、そちらを攻めることも――」

「構わないとも。彼《かれ》らは自ら、こちらに向かってくるだろうからね」

そう断言して、頬杖《ほおづえ》を突《つ》いていた男は顔を上げる。

その視線が向かう先は、南――伯爵級悪魔ヴェルンリードが倒され、今まさにこちらへと向かって来ようとしている人間たちがいる方角だ。遥《はる》か彼方《かなた》を見通すように、その男は視線を細め、呟く。

「それに、あちらにはロムペリアのお気に入りがいた筈《はず》だね。ひょっとすると、その彼がヴェルンリードを討《う》ち果たしたのかな？」

「……どうやら、そのようですな」

「そうか、それは楽しみだね」

「楽しみ……ですか？　人間のことが？」

「そうだとも。王も言っていただろう、あれこそが人間の持つ可能性を体現した存在であると」

小さく笑い、男はそう口にする。相対する悪魔はその言葉を理解できず、しかしそれに対する反論の言葉は口にしなかった。

できなかった、と言うべきだろう。目の前にいるこの男は、圧倒的《あっとうてき》な格上の存在だ。逆立ちしたところで敵《かな》う筈もない相手に対し、悪魔は静かに押《お》し黙《だま》る。

そんな様子を察知したのだろう、男は苦笑を零《こぼ》しながら声を上げた。

「そこまで恐《おそ》れることもないだろう。王の意志は王の意志、君の意志は君の意志だ。君が気に入らぬというのならば、挑みに行ってはどうかな？」

「いえ……こちらでも、やらねばならぬことがありますので」

「はは、そうだね。せめて、僕《ぼく》の課した仕事は果たしてからでないと困ってしまうか」

その言葉に、悪魔は静かに首を垂れる。悪魔にとって、王たる魔王《まおう》の言葉はあまり理解はできないものであった。しかし、悪魔の糧《かて》であるリソースの確保——その手法を構築したこの男は非常に優秀《ゆうしゅう》だ。

実力主義である悪魔にとって、強く賢《かしこ》いこの男は敬意を払うに値する相手であった。

「それで、状況《じょうきょう》はどうだい？」

「リソースは順調に確保できています。特に、バルドレッド卿《きょう》の回収量はかなりのものですね」

「そうか、流石だね。彼は本当に真面目だ、ありがたいことだよ」

「ええ、彼のやり方は中々に興味深いものです」

その言葉を聞いて、男は楽しそうに笑う。だが、対する悪魔は、それに畏《かしこ》まるばかりであった。

「申し訳ありません。まだ、貴方が完全に顕現するには力が足りず……」

「構わないとも。彼らが集まってくる前までに、十分間に合うペースだ。楽しみに待たせて貰うとするさ。ああ、だが——」

ふと、男は視線を上げて小さく笑みを浮かべる。その瞳《ひとみ》の中に浮かべられているのは、静かに燃えるような喜悦《きえつ》と戦意だ。

「彼と、一度会ってみたいな」

「……自ら足を運ばれるというのですか？」

「その通りだ。僕は、彼にとても期待している。より奮起してくれたら、もっと楽しめるだろう？」

不敵な笑みと共にそう告げる男に対し、悪魔はただ静かに跪《ひざまず》く。

その姿に、男は意外そうに目を見開いた。

「おや、いいのかい？　僕が勝手な行動をしてしまって」

「無論。貴方を止めることができる者など、この国には存在しません……ご随意《ずいい》に、我が主――」

そう口にしながら、悪魔はゆっくりと顔を上げる。

浅黒い肌《はだ》、血のように赤い髪《かみ》、軍服にも似た黒い衣《ころも》を身に纏う、若き男の姿の悪魔――

「――デューク、ディーンクラッド」

――その呼び声に、ディーンクラッドはただ、楽しそうに笑みを浮かべていた。

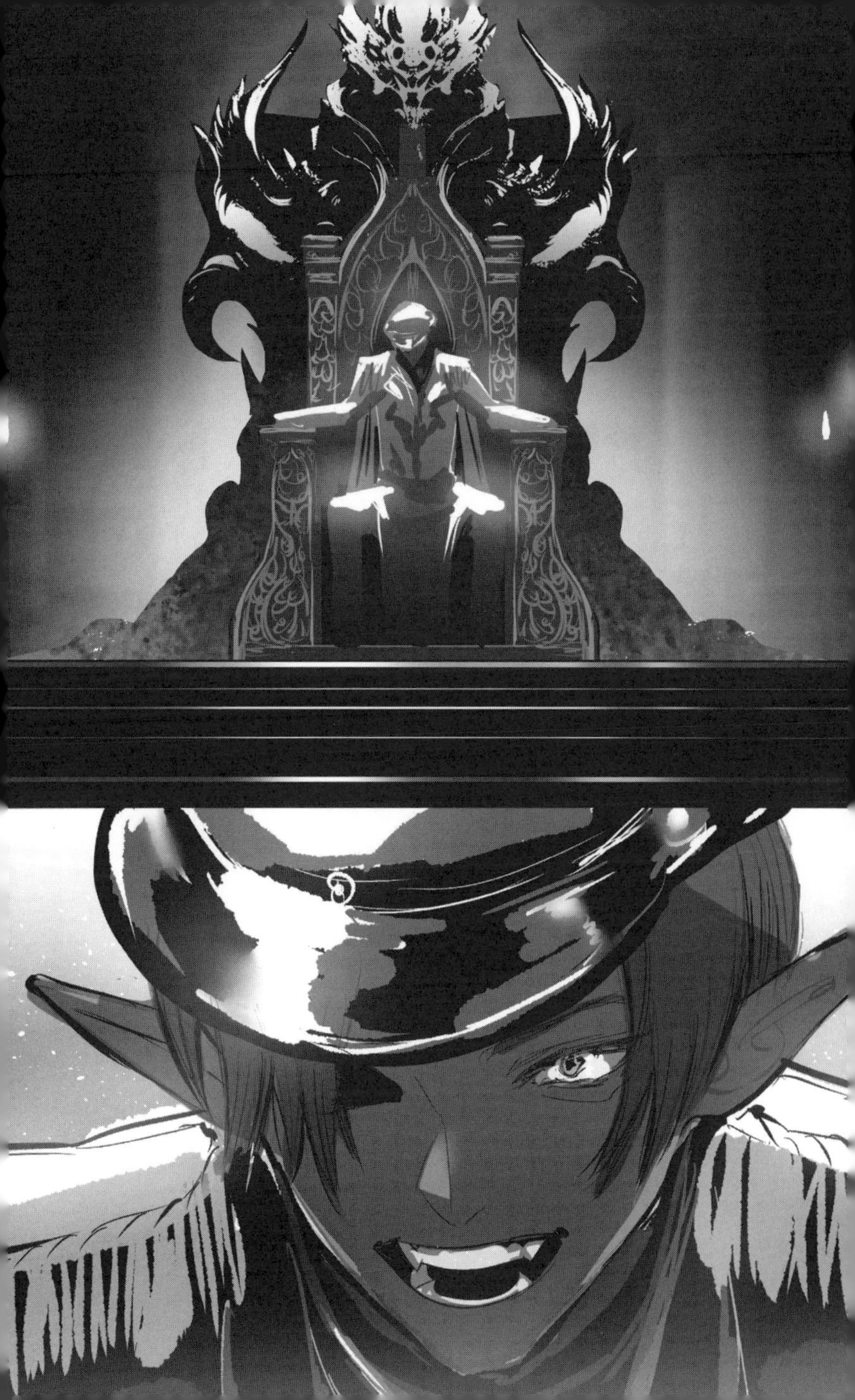

【クオン一行の現在ステータス】

■アバター名：クオン

■性別：男

■種族：人間族《ヒューマン》

■レベル：50

■ステータス（残りステータスポイント：0）

STR：35

VIT：26

INT：35

MND：26

AGI：18

DEX：18

■スキル

ウェポンスキル：《刀術：Lv.21》

《格闘《かくとう》：Lv.2》

マジックスキル：《強化魔法《まほう》：Lv.38》

《降霊《こうれい》魔法《まほう》：Lv.2》

セットスキル：《死点撃《う》ち：Lv.36》

《ＭＰ自動大回復：Lv.6》

《奪命剣《だつめいけん》：Lv.12》

《識別：Lv.30》

《練命剣《けん》：Lv.13》

《蒐魂剣《しゅうこんけん》：Lv.13》

《テイム：Lv.32》

《ＨＰ自動大回復：Lv.5》

《生命力操作：Lv.36》

《魔力操作：Lv.35》

《魔技共演《まぎきようえん》：Lv.21》

《インファイト：Lv.26》

《回復適性：Lv.20》

《戦闘技能：Lv.1》

サブスキル：《採掘《さいくつ》：Lv.13》

称号《しようごう》スキル：《剣鬼羅刹《けんきらせつ》》

■現在SP：30

■アバター名：緋真《ひさな》

■性別：女

■種族：人間族《ヒューマン》

■レベル：49

■ステータス（残りステータスポイント：0）

STR：38

VIT：23

INT：32

MND：23

AGI：20

DEX：20

■スキル

ウェポンスキル：《刀術：Lv.20》

マジックスキル：《火炎魔法《かえんまほう》：Lv.13》

セットスキル：《練闘気：Lv.4》

《スペルエンハンス：Lv.9》

《火属性大強化：Lv.6》

《回復適性：Lv.33》

《識別：Lv.29》

《死点撃ち：Lv.30》

《格闘術：Lv.4》

《高位戦闘技能：Lv.6》

《立体走法：Lv.4》

《術理装填《そうてん》：Lv.27》

《ＭＰ自動回復：Lv.27》

《高速詠唱《えいしょう》：Lv.25》

《斬魔の剣：Lv.10》

《魔力操作：Lv.1》

サブスキル：《採取：Lv.7》

《採掘：Lv.13》

称号スキル：《緋《あか》の剣姫《けんき》》

■現在SP：32

■モンスター名：ルミナ

■性別：メス

■種族：ヴァルキリー

■レベル：21

■ステータス（残りステータスポイント：0）

STR：36

VIT：22

INT：43

MND：22

AGI：27

DEX：22

■スキル

ウェポンスキル：《刀術》

マジックスキル：《閃光《せんこう》魔法《まほう》》

スキル：《光属性強化》

《光翼《こうよく》》

《魔法《まほう》抵抗《ていこう》：大》

《物理抵抗《ていこう》：中》

《ＭＰ自動大回復》

《旋風《せんぷう》魔法《まほう》》

《高位魔法陣《まほうじん》》

《ブーストアクセル》

《空歩》

《風属性強化》

称号スキル：《精霊王《せいれいおう》の眷属《けんぞく》》

■モンスター名：セイラン
■性別：オス
■種族：グリフォン
■レベル：20
■ステータス（残りステータスポイント：0）
STR：46
VIT：30
INT：30
MND：25
AGI：40
DEX：22
■スキル
ウェポンスキル：なし
マジックスキル：《旋風魔法》
スキル：《風属性強化》
《飛翔《ひしょう》》
《騎乗《きじょう》》
《物理抵抗：大》

《痛撃《つうげき》》

《爪撃》

《威圧《いあつ》》

《騎乗者強化》

《空歩》

《マルチターゲット》

《雷鳴魔法《らいめいまほう》》

《雷《かみなり》属性強化》

《魔法抵抗：中》

《空中機動》

称号スキル：なし

■アバター名：アリシェラ

■性別：女

■種族：魔人族《ダークス》

■レベル：48

■ステータス（残りステータスポイント：0）

STR：25

VIT：20

INT：25

MND：20

AGI：37

DEX：37

■スキル

ウェポンスキル：《暗剣術：Lv.19》

マジックスキル：《暗黒魔法：Lv.10》

セットスキル：《死点撃ち：Lv.35》

《隠密《おんみつ》行動：Lv.8》

《毒耐性《たいせい》：Lv.26》

《アサシネイト：Lv.8》

《回復適性：Lv.30》

《闇属性大強化：Lv.6》

《スティンガー：Lv.9》

《看破：Lv.33》

《ベノムエッジ：Lv.1》

《無音発動：Lv.24》

《曲芸：Lv.5》
《投擲《とうてき》：Lv.24》
《走破：Lv.17》
《傷穿：Lv.1》
サブスキル：《採取：Lv.23》
《調薬：Lv.26》
《偽装《ぎそう》：Lv.27》
称号スキル：なし
■現在SP：34

あとがき

ども、Allenです。また蒸し暑い季節になってきましたが、いかがお過ごしでしょうか。出社も犬の散歩も非常に辛い季節ですので、早いところ涼しくなって欲しいですが、夏はこれからが本番の時期。まだまだ気を付けて過ごす必要がありそうです。

マギカ・テクニカ第八巻を手に取って頂き、そしてここまで読んでいただき、まことにありがとうございます。先にあとがきから読んでいるという方がいらっしゃいましたら、是非本編もお楽しみください。

動きの少なかった第七巻に比べ、第八巻では非常に大きな戦いが展開されました。伯爵級であるヴェルンリードとの戦いは、今後の展開にも大きく影響する話でした。以降に出現する高ランクの悪魔はいずれも《化身解放（メタモルフォーゼ）》の能力を持ち、大規模な戦いが展開されることとなります。次章であるアドミス聖王国編においては、それがより顕著に出ることとなるでしょう。

初の伯爵級ということで、ヴェルンリードはかなり派手に演出していました。実力的に

も かなり高く、プレイヤーサイドが敗北していた可能性もあります。その場合は全体の攻略がかなり遅れる展開となったでしょうが、そのストーリーへの展開はクオンとアルトリウスの尽力によって防ぐことができました。ある意味では、おかげで首の皮一枚繋がったとも言えるでしょう。

今回はアルトリウスおよびその部下の活躍を大きく描いた回でもありました。マリンについてはアルトリウスの側近であり、今後もたびたび登場することとなります。クオンにとっては信用できる仲間であり、同時に競争相手でもあります。しかし、まだアルトリウスは全ての情報を明かしたわけではありませんので、今後の展開にご期待ください。

そして、最後に登場しました公爵級悪魔ディーンクラッド。アドミス聖王国編においては、彼との戦いを描くストーリーとなります。今後、より大きな戦いに発展していくこととなりますので、お楽しみに。

またコミカライズについては、第三巻と同月に書籍第八巻をお届けする形となりました。序盤の辺りですが、やはり漫画版で読んでみるとかなり印象が異なります。

小説内においては、基本的に常時クオンの視点で物語が描かれています。彼は独特な価値観、倫理観を持っているため、その主観で描かれている小説内では、彼の行動が自然なように見えることでしょう。

しかし、漫画版では第三者の視点でクオンの行動を見ることができます。そのため、彼の価値観、倫理観がいかに常人から外れているかが実感しやすいのです。小説と並行して漫画を読んでいると、それを顕著に感じることがあります。一度、同じ場面を漫画と小説で読み比べてみると、その印象の違いに驚くことがあるかもしれません。クオンの中では理路整然と理由付けされている行動も、漫画版だと驚くべき行動のように見えることもあるため、並行して読み比べてみると面白いかもしれないですね。

漫画では台詞の文字数はできるだけ減らしたいため、更にクオンの内心の描写は減ることになります。その分だけ体の動きや表情で表現していただいていますが、この場合は第三者視点から印象を受け取ることができます。こういった部分も、漫画と小説の情報の伝え方の違いですね。非常に興味深い発見でした。

先にも少しだけ話をしましたが、次の第九巻以降においては、アドミス聖王国で公爵級悪魔ディーンクラッドとの戦いを繰り広げることとなります。Ｗｅｂ版をご覧になっている方はご存知かと思いますが、非常に長い章となりますため、数巻に渡って戦い続けることになるでしょう。上位の悪魔たち蔓延る戦場、そしてそれに正面から挑むクオンとアルトリウスの雄姿をお楽しみに。

よりストーリーが幅広く展開することとなる第九巻以降も楽しみであるため、是非ともアンケートやレビューへご協力、ご声援、よろしくお願いいたします。

それでは、また第九巻のあとがきにて、読者の皆様にお会いできることを楽しみにしております。

ではでは。

Allen

Ｗｅｂ版：https://ncode.syosetu.com/n4559ff/
Twitter：https://twitter.com/AllenSeaze

小説第⑧巻は2023年10月発売！
作画／大前貴史
原作／明鏡シスイ
キャラクター原案／tef
8
週刊少年マガジン公式アプリ
「マガポケ」にて
好評連載中!!
コミックス
最新第⑧巻も
好評発売中！
作画：大前 貴史
原作：明鏡シスイ キャラクター原案：tef

信じていた仲間達にダンジョン奥地で殺されかけたが
ギフト『無限ガチャ』で
レベル9999の仲間達を
手に入れて
元パーティーメンバーと世界に復讐&
『ざまぁ!』します!
「小説家になろう」
四半期総合ランキング
第1位
(2020年7月9日時点)
①～⑦巻
好評発売中!!
レベル9999で
圧倒的無双!!!!!
明鏡シスイ
イラスト/tef

著／保利亮太
イラスト／bob
ローゼリア王国を
手に入れた
御子柴亮真の
躍進は続く――。
2023年夏発売予定！

コミック版も好評連載中！
漫画：八木ゆかり
原作：保利亮太
キャラクター原案：bob
コミックス
⑪～⑨巻発売中!!
ファイアクロス公式サイト
firecross.jp
ウォルテニア戦記XXV

HJ NOVELS
HJN48-08

マギカテクニカ
～現代最強剣士が征くVRMMO戦刀録～ 8

2023年6月19日　初版発行

著者――Allen

発行者―松下大介
発行所―株式会社ホビージャパン
〒151-0053
東京都渋谷区代々木2-15-8
電話　03(5304)7604（編集）
03(5304)9112（営業）

印刷所――大日本印刷株式会社

装丁――AFTERGLOW／株式会社エストール

Printed in Japan

ISBN978-4-7986-3165-3　C0076